illustration／イセ川ヤスタカ

ルーク
ミリア

万能「村づくり」チートでお手軽スローライフ

万能「村づくり」チートでお手軽スローライフ

村ですが何か？

vol.1

もくじ

目次

プロローグ

「ルーク＝アルベイル様のギフトは……む、『村づくり』です……」

神官が告げた言葉に、参列者たちが静まり返った。

領内でも最大の聖堂に、大勢の家臣たちが集まっている。領主であるエデル＝アルベイル侯爵の二人の息子が同時に祝福を受けるというのだから、領民からはもちろんのこと、他領地からも注目を浴びる重要な儀式なのだ。

「む、『村づくり』ですか……？　それは一体、どんなギフトなんですか……っ!?」

思わず声を荒《あら》らげ、聞き返す僕。

そう、ルーク＝アルベイルとは僕のことだ。

アルベイル侯爵の長男として生まれ、いずれ父上から領地を継ぐだろうと、幼い頃から周囲に期待されてきた。

そんな僕にとって、この祝福で授かるギフトは何よりも大切なものなのだ。

「わ、分かりません……。聞いたこともないギフトですので……。ですが、戦闘に役立つようなものではない、ということは確かであるかと……」

神官が言い辛そうにそう口にする。

「そ、そんな……」

目の前が真っ暗になり、息が苦しくなった。

これでルーク様は終わりだ、期待して損をした、これまでの奉公が無駄になった――静寂の中、大聖堂に集った家臣たちの落胆と恨みの溜息が聞こえてくるようだった。

ギフトというのは、すべての人に与えられるわけではない。

選ばれた人だけが、十二歳になった際に神々から授かることができるのだ。

特に今の世の中に求められているのは、戦いに役立つギフト。

王家の力が弱まり、諸侯たちが互いの領地の奪い合いをしている動乱の時代だからだ。

とりわけ領兵を率いて戦うことの多い領主やその一族ともなれば、なおさら戦闘系のギフトが求められた。

父上は『剣聖技』というギフトを持っている。

『剣技』の上位ギフトで、自ら先陣を切って敵陣に飛び込んでいく勇猛さも兼ね備えた父上の強さは、今や国内外に広く知れ渡るほど。

元々は子爵位でしかなかった父上が、たった一代で侯爵位まで成り上がり、他の有力諸侯たちに肩を並べるほど領地を拡大できたのは、このギフトのお陰と言っても過言ではない。

ギフトは遺伝の影響を強く受けるので、僕も父上と同じ『剣聖技』ギフトを授かると期待されていたのだ。

特に僕の場合、母上が『剣技』ギフトを持っている。この場合、八割以上の確率で子供は『剣聖技』ギフトを授かると言われていた。

僕は恐る恐る父上の方を見た。

つい先ほどまで僕に期待の眼差しを向けていた父上が、今や完全に関心を失ったような無表情と化していた。

そのすぐ隣にいる母上は、茫然自失といった様子で天を仰いでいる。

「邪魔だ、兄貴。次は俺の番だぞ。とっととそこをどけ」

「っ……」

僕を押し退けたのは、弟のラウルだった。

といっても、僕が正妻の子であるのに対し、ラウルは側室の子だ。

ラウルの母は、元々お城のメイドだったため身分が高くない。ギフトも持っておらず、これだと子供が『剣聖技』を授かる確率は一割以下、『剣技』でも五割程度だ。

だから僕と違って、ラウルはあまり期待されていなかったのだけれど――

「ラウル＝アルベイル様のギフトは……な、なんと！　『剣聖技』です！」

「「「おおおおおっ！」」」

そんなラウルが授かったのが父上と同じ『剣聖技』だったのだから、僕のときとは真逆で、大聖堂が大きく沸いた。

父上がラウルの元へと駆け寄り、満面の笑みでラウルを抱き締める。

ラウルの母が涙を零して喜ぶ一方で、僕の母上は絶望の表情を浮かべていた。

一変した世界の中で、僕はただ呆然と突っ立っていることしかできなかった。


「……行ってきます、父上、母上」

僕は寂しくそう呟いて、馬車を発車させようとする。

父上と母上はもちろんのこと、家臣からの見送りもない。期待を裏切り、次期領主どころか、僻地《へきち》へ追いやられることとなった僕なんて、もはや見送る価値もないのだろう。

結局、今まで周りが僕に奉仕してくれていたのは、僕が領主の息子で、僕が未来の領主だったからだ。

分かってはいたけど、なんて虚しいんだろう。

これから僕が向かう先は、アルベイル侯爵領の北方に広がる無人の荒野だ。

周辺に危険な魔境がある上に、土地がひどく痩せていることから、ずっと放置され続けている不毛の地。

僕はその開拓を命じられたのだった。

第一章　村を作成しますか?

僕を開拓地送りにするというのは、弟のラウルの発案だった。

そもそも開拓など不可能な酷い場所で、開拓とは名ばかりのただの追放。

でも反対する者は誰もいなかった。期待外れの役立たずなど、とっとと野垂れ死ねってことだろう。

「ルーク、てめぇのギフトは『村づくり』なんだから、開拓ぐらい余裕だろ！　ぎゃははは！」

すっかり立場が逆転し、僕を見下すようになったラウルの笑い声は、今でも耳に残っている。

ずっと日陰者だったせいか、捻くれ者に育ってしまったようだ。

まぁでも、今のような乱世には、ラウルみたいな性格が向いてるかもしれない。

実を言うと、僕はあまり戦うのが好きじゃない。

剣の訓練は受けさせられていたし、上達は早かったみたいだけれど、本当は人を斬ったりなんてしたくないのだ。

剣の先生からはよく「ルーク様は優しすぎます」と言われていたっけ。

アルベイル家は代々が武門の家系だ。父上も戦いを好むし、弟のラウルは昔から好戦的である。

そんな中にあって、なぜ僕だけが違うのか。

まったく心当たりがない……ってわけじゃないけれど。

「着きましたぜ」

そんなことを考えていたら馬車が止まった。

領都を出発して、およそ一週間の長旅だった。どうやら開拓地に到着したみたいだ。

「これは……話に聞いていた以上かも……」

見渡す限りの荒野だった。

草木すらあまり生えておらず、ごつごつした岩山があちこちに点在している。

北には広大な森が、東には巨大な山脈が見える。どちらも危険な魔境となっているらしく、近づいてはいけない場所だ。

幸い魔境の魔物は魔境を好むため、滅多に荒野にまで出てこないという。

……絶対にないと言い切れないのが、恐ろしいところだよね。

荷物を降ろすと、馬車はとっとと行ってしまった。

残されたのは、僕一人だけ――いや。

「ルーク様、本当に何もないところですね」

唯一、こんな開拓地まで僕についてきてくれた従者がいた。

お城でメイドをしていたミリアだ。

年齢は訊くといつもはぐらかされるけれど、たぶん二十歳手前くらいだろう。

綺麗な黒髪とスタイルの良い長身が特徴的なお姉さんだ。

「ですがルーク様、どうか絶望されないでください」

「え?」

「……あれ? もしかしてそれほど悲観されてはいらっしゃらない……?」

「うん、まぁね。いつまでも嘆いてたって仕方ないしさ」

「このような状況でなんと前向きな……っ! さすがルーク様です!」

「それよりミリアは本当によかったの? いずれメイド長にだってなれただろうに……」

僕の専属ではあったけれど、ミリアは優秀なメイドで、お城に必要な人材だった。

こんなところについてくる必要なんてなかったはずだ。

「何をおっしゃるのですか、ルーク様。あなた様の専属メイドになったとき、わたくしは誓いました。これからどんなことがあろうと、あなた様の傍にお仕えし続けよう、と。その気持ちは今でも変わっておりません。ルーク様の行くところであれば、火の中水の中、どこへだってお供いたします」

「ミリア……」

僕のことをこんなにも慕ってくれている人がいたなんて……。

きっとミリアだけは、僕の身分や立場ではなく、中身を見てくれていたのだろう。

「(ふふふ、なぜって、わたくしは大のショタ好き！　可愛らしいルーク様は、まさにドストライクなのですよ！　ぐふふふ……)」

あれ？　なんかちょっと、背中の方がゾクッとしたような……？

……気のせいだよね、うん。ここには僕とミリアしかいないし。

「それではルーク様。早速ですが、あなた様には二つの選択肢がございます」

不意に神妙な顔つきになって、ミリアが二本の指をピンと立てた。

「選択肢？」

「はい。一つは、この不毛の大地を必死に開拓すること。手持ちの食糧はせいぜい一か月分しかありません。一か月で、たった二人で、こんなところで作物を育てて収穫するなど、どう考えても不可能でしょう。もちろん向こうに見える森で危険を冒し、狩猟や採取で食いつなぐという手もありますが……。いずれにしても困難を極めるはずです」

ミリアの言う通り、見ただけでもこの荒野の開拓が難しいことは明白だった。

「もう一つは、わたくしとともにここからとっとと逃げ出し、どこかの都市で暮らすことです。どうせ誰も監視しているわけではありませんから、実行は容易いかと」

どうやらミリアのおすすめは後者のようだ。

確かに、そっちの方がよっぽど現実的だと僕も思う。

選択を迫られる僕。だけどどちらかを選ぶ前に、一つだけ試してみたいことがあった。

「……僕の『村づくり』ギフト。授かった後も使い方が分からなくて、ずっとどんな力があるのか分からなかったけど……」

何となくだけど、今なら使えるような気がするんだ。

と、そのとき。

〈この場所は村の作成が可能です。村を作成しますか？　▼はい　いいえ〉

視界に突如として浮かび上がったのは、そんな文字だった。

「えっ？　なに、これ？」

「……ルーク様？（まさか、わたくしの想いが顔に現れてしまっていた!?　ま、マズいです！　気持ちの悪い顔を見られたとしたら、確実に嫌われてしまう……っ!?）」

なぜかミリアが焦っているけれど、そんなことより今はこの謎の現象だ。

しかもこれはこの世界の文字ではない。だけど、僕の知っている文字……。

「もしかして前世の……？」

実は僕には、経験したことがないはずの過去の記憶があった。

ここは違う、別の世界での記憶だ。と言っても、かなり曖昧で、自分自身がどんな人間だったのかもはっきりとは覚えていない。ただ、言語や習慣、それに知識なんかは結構しっかりと思い出すことができる。

そのせいで幼い頃から僕の価値観はこの世界と少し違っていて、それで戸惑うことも多かった。

戦いへの忌避感を持っているのも、たぶんそれが原因だろう。

〈この場所は村の作成が可能です。村を作成しますか？　▼はい　いいえ〉

「ええと、この▼を動かせば、選択ができるってことかな……」

この選択肢なんて、まさに前世に存在していたコンピューターゲームだ。ただしコントローラーは必要なく、イメージで操作できるようだった。

「ルーク様が独り言を……？　はっ、まさか、やはりこの過酷な状況下で精神に異常をきたして……？　ルーク様！　ご心配には及びません！　わたくしが傍にいますから！」

「だ、大丈夫！　僕は正常だから！　どうやら僕のギフトが発動しているみたいで……」

ミリアに思い切り心配されてしまい、僕は慌てて弁解する。

今までギフトが使えなかったのは、僕が所有者のいる土地にいたからだろうか。

「よく分からないけど……とにかく、村を作ってみようかな」

僕は「はい」を選択した。すると次の瞬間、僕たちの足元の地面が、真っ平らに均《なら》された。その範囲は、半径が百メートルほどの円。

他の場所は何の変化もない。ただその代わり、僕の視界にまた別のものが出現する。

ルークの村

村レベル：1
村ポイント：50（毎日10ポイントずつ加算）
村人の数：０人
村スキル：施設作成

まるでステータスウィンドウだった。村ポイントとか村スキルとか、よく分からない項目もある。

カーソルを合わせてみると、簡単な説明文が出現した。

〈村ポイント：村を発展させるのに必要なポイント〉

〈村スキル：現在使用可能なスキル〉

……うん、あまり役に立たない情報だ。

ウィンドウの下の方には、『作成可能な施設一覧』とあった。カーソルを動かし選択してみると、すぐに別のウィンドウへと切り替わる。


生垣（10）　小屋（10）　物見櫓《やぐら》（20）　土蔵（20）　堀（20）　土塀（20）　ごみ焼却場（20）　畑（20）　井戸（30）　家屋・小（50）

……つまり、これらの施設を選択すれば、現実に作り出せるということだろうか？

さながら街づくり系のゲームだ。いや、『村づくり』と言った方がいいのかもしれない。恐らく施設の後ろのカッコの数字が、作成するのに必要な村ポイントなのだろう。それぞれ作成に必要な村ポイントが異なるらしい。

「とりあえずは寝床が必要だよね。小屋でいいかな……？」

小屋は10ポイントだけど、家屋・小には50ポイントも必要で、今ある50ポイントをすべて使い切ってしまうことになってしまう。

本当にできるのだろうかという疑問を抱きつつも、カーソルを小屋に合わせる。

〈小屋：普通の小屋。雨風を凌《しの》ぐには十分〉

簡単な説明文を見ることができた。できればビジュアルも見たかったけど、そこまで親切じゃないらしい。

〈村ポイントを10消費し、小屋を作成しますか？　▼はい　いいえ〉

「はい」と答えた次の瞬間、目の前に小さな木造の建物が出現した。

「「……へ？」」

僕とミリアの声が重なる。

「ほ、本当にできた……」

小屋なので、随分とこぢんまりしたものだ。中を覗いてみたけれど、窓もなければベッドなどの家具もない。

それでも、これなら説明文の通り、十分風雨を凌ぐことができるだろう。

もし自分たちの手で作ろうとしていたら、どれだけの時間と労力が必要だったことか。

それを一瞬で作れちゃうなんて……このギフト、意外と便利なのかもしれない。

「ルーク様、これは……」

「……うん。どうやら僕のギフトの力みたい」

「す、素晴らしいです、ルーク様！　一瞬でこんなものを作ってしまわれるなんて！」

ミリアが絶賛してくれる。

「ご存じかと思いますが、人間が生活する上で重要なのが、衣、食、住です。そのうちの一つを、こんなに簡単に解決されてしまいました」

「うーん、と言っても、僕は何もしてないんだけどね……」

「(わたくしとルーク様の愛の巣ですね……ぐふふふ……)」

「ミリア？」

小屋を作ったので、村ポイントの残りが40になった。

「小屋はもう一ついるかな？　それとも畑や井戸を作るか……」

「なんと、作れるのは小屋だけではないのですか？」

「うん」

僕が迷っていると、ミリアが叫んだ。

「井戸にしましょう！」

「え？　でも、こんなに狭いし……二人で寝るのも……やっぱり小屋はもう一つあった方がいいと思うんだけど」

「いいえ！　狭いと言っても、スペース的には十分でしょう！　それよりも今、最優先するべきは水です！　人間、食事ができなくてもそう簡単には死にませんが、水がなければ数日程度で死んでしまうと言われています！」

「う、うん、そうだね……。じゃあ、井戸にしようかな……」

ミリアの熱に押されて、僕は井戸を選択することにした。

一応、まだ数日分の水くらいはあると思うんだけど……。

「（危ないところでした……ですが、これで夜はルーク様と一緒に……ぐふふふ……）」

なぜかホッとしているミリアを横目に、僕は井戸を作り出そうとする。

〈井戸：水汲み楽ちん、手押しポンプ式。水質優良。水量無限〉

〈村ポイントを30消費し、井戸を作成しますか？　▼はい　いいえ〉

またしても一瞬だった。岩を組み合わせて作られた円形の井戸が、どこからともなく眼前に出現したのだ。

「素晴らしいです！　……あれ？　ですがこれ、蓋《ふた》が開きませんね？」

ミリアが井戸の蓋を取り外そうとしても、ビクともしない。

「たぶん、これを操作するんだよ」

井戸に付いている器具。そのハンドルをぐいっと押してみると、流水口から勢いよく水が飛び出してきた。

「な、何ですか、これは……？」

説明文にも書いてあったけれど、僕の頭の中にはこれに関する知識があった。

「手押しポンプって言って、簡単に水を汲み上げることができる道具だよ」

「とても便利ですね……お城の井戸は水を汲み上げるだけでも一苦労で、こうした肉体労働を専門とする奴隷に任せていましたが……」

この世界ではまだ発明されてないのかもしれない。

それにしても、この水はどこから湧いてきているんだろう？　この荒野の地下に溜まっている水なのかな？　でも、水量が無限なんてことあり得ないし……。

ともかく、こうして安全に手に入る水を確保できるようになったのは大きいね。

こんな荒野に水場なんてなかなかない。となると雨が降るのを待って、雨水をどこかに溜めておく必要があった。

もし雨が降らなかったら農業もできないし、先ほどミリアが言ったように、喉の渇きで死んでしまったかもしれない。

「さて、まだ村ポイントが10残ってるけど……」

一日で10ポイントが回復するから、それを待って他の施設を作るか、もしくは小屋をもう一つ増やすか……。

「次は畑にしましょう！　絶対に畑にすべきです！　作物の種は幾らか持ってきましたが、植えたからといって、すぐに収穫できるわけではありません！　できるだけ早く種蒔きをすべきでしょう！」

「う、うん……じゃあ、そうしようかな」

確かに言ってることは正しいけれど、そんな剣幕で言わなくても……。

と、そんな彼女の顔のすぐ下に、文字が浮かんでいた。

〈彼女を村人にしますか？　▼はい　いいえ〉

「え？　ミリアを村人にできるってこと？」

そう言えば、先ほど村人の数が0ってなっていたけど、どうやら僕自身は村人の数には数えられないらしい。

つまりミリアが村人になってくれたら、最初の一人ということになる。

「えっと……どうやらこのギフト、村人を登録できるみたいなんだけど……」

「もちろん構いません。ぜひ村人にしてください」

僕が言おうとしていることを察したのか、ミリアが先回りして言ってきた。

「いいの？」

「先ほど申し上げましたでしょう？　ルーク様の行くところであれば、火の中水の中、どこへだってお伴いたしますと。ルーク様がここに留まって村をつくるというなら、わたくしは微力ながらぜひそのサポートをさせていただきたいです」

ミリアの意志は固いみたいだ。

「ありがとう、ミリア」

〈ミリアを村人にしました〉

ルークの村
村レベル：1
村ポイント：10（毎日11ポイントずつ加算）
村人の数：1人
村スキル：施設作成

「あ、ちゃんと村人の数が一人になってる！　あと、加算される村ポイントも上がってるような……？」

どうやら村人の数が増えると、加算ポイントも増えるようだ。

「今のところ村人が増える予定はないけど……」

「ふふふ、ずっと二人きりでもいいと思います」

「……え?」

「何でもありません」

ともかく、これで他にできることはなくなった。明日のポイント加算を待つしかない。

その後、ミリアが作ってくれた料理を食べ終わった頃には、すでに日が沈んでいた。

領都と違って、ここにはほとんど明かりがない。せいぜい月明かりくらいだ。

夜になると特にできることもないので、僕たちはギフトで作り出した小屋で休むことにした。

壁には採光のための小さな穴があるだけで、小屋の中はほぼ真っ暗だった。

ほとんど手探りで毛布に包まって、僕たちは横に並んで寝転がる。

それにしても、『村づくり』ギフトか……。

最初にこのギフトを授かったときは絶望した。

でも、今は意外とこれでよかったのかもしれないと思い始めている。

僕は戦争なんて好きじゃない。領地を奪い合ったり、殺し合ったり……そんな血で血を洗う世界より、皆が仲良く平和に生きていく世界の方がずっといい。

よし、決めた。

この謎のギフトの力を使って、本当にこの荒野を開拓し、自分の村を作ってみせよう。

そして細々と、だけどのんびり楽しく暮らしていくんだ。

その方が、きっと僕の性《しょう》に合っているように思う。

と、目を瞑ってそんな真面目なことを考えていたから気づかなかったけれど、何かさっきから隣から変な呼吸音が聞こえてくるような……。

「すーはーすーはーすーはー（ぐふふっ、ルーク様のにおいを一晩中嗅げるなんて、ここはもしかして天国ですかあああっ!?）」

……よく分からないけど、何となく気にしない方がよさそうだと思った。


翌朝、採光用の穴から差し込む陽光で目を覚ますと、ミリアが僕の身体に密着するような形で眠っていた。

「……うーん、やっぱり寝る場所はもう一つあった方がいいな」

「いいえ、一つで十分ですよ？」

「っ!?　起きてたの!?」

「はい。メイドとして、主よりも早く起きるのは当然の義務ですから」

「じゃあ、何で寝たふりを……？」

「（もちろんルーク様の可愛い寝顔と柔らかい身体を堪能していたのです！　ぐふふ……）」

「……」

ミリアは時々何かを隠しているんじゃないかと思うことがある。

まぁでも、人間、誰しも一つや二つ、秘密があるものだ。詮索しないようにしよう。

「それはそうと、もうメイドじゃないんだから、別に早く起きる必要はないよ」

「今は村人でしたね。ですが、ルーク様は村長ですし、村人として村長を尊重するのは大切なことです」

……そういうものかな?

◇　◇　◇

わたくしミリアがアルベイル家にメイドとしてやってきたのは、ちょうど十二歳になったときのことでした。

下級貴族の次女として生まれたわたくしは、当然ながら高額な献金が必要な祝福を受けられるはずもありませんでした。

将来の選択肢は二つ。

同程度の下級貴族の家に嫁ぐか、もしくは上級貴族の屋敷にメイドとして勤めるか。

わたくしの場合は後者だったわけですが、今や飛ぶ鳥を落とす勢いで領地を拡大し続けているアルベイル家のメイドとなることができたのは、とても幸運なことでした。

ただ、メイド未経験のわたくしにとって、アルベイル家での日々は大変なことの連続でした。

とりわけあの運命の日、わたくしは人生最大のピンチに直面していました。

「やってしまいました……」

ルーク様の御母上であるイザベラ様が、とても大事にされていたお皿。

それを片づけようとした際に、手が滑って床に落としてしまったのです。お皿は真っ二つに割れてしまいました。

隠したところで、いずれバレてしまうでしょう。かといって、正直に謝って許してもらえるかどうか……。イザベラ様はとても厳しい方ですから、クビにされてもおかしくありません。

「あら、ミリア。そんなところに突っ立ってどうしたのかしら？」

「っ!?」

その場に立ち尽くしていたわたくしの元へ、運悪くイザベラ様がいらっしゃいました。すぐに割れた食器に気づいたイザベラ様の表情が一変します。

「ミリア！　それはあたくしの大切にしていたお皿ではなくて!?」

「も、申し訳――」

「ごめんなさい、お母さま」

「……え？」

不意に背後から聞こえてきた、可愛らしい声。振り返ると、そこにいらっしゃったのはまだ三歳になったばかりのルーク様でした。

　イザベラ様が目に入れても痛くないほど可愛がっておられるご長男で、わたくしは遠くから拝見したことはありましたが、一度も話をしたことはありません。

「ぼくがメイドのおねえちゃんにどうしても見せてって頼んで……割っちゃったの……」

「る、ルーク様……？」

　嘘を吐かれるルーク様の意図が分からず、わたくしはただただ困惑するしかありません。

「お母さまの大切な食器なのに……ごめんなさい……」

　しっかりと頭を下げて謝るルーク様に、先程までオーガのようだったイザベラ様の顔がゆっくりと綻《ほころ》んでいきました。

「いいのよ、ルーク。それよりも怪我はない？」

「うん、だいじょうぶ」

「ミリア、あなたも気を付けなさい。ルークはまだ幼いのだから」

「は、はい！」

　そうしてイザベラ様が去った後、呆然としていたわたくしに、ルーク様は無邪気な笑みを向けて、こうおっしゃったのです。

「よかったね、メイドのおねえちゃん。ぼくならお母さまも怒らないと思って」

「～～～～～～っ！」

この瞬間、十二歳のわたくしは、三歳のルーク様によってハートを鷲摑《わしづか》みにされてしまいました。

ただのメイドでしかないこのわたくしの罪を被り、助けて下さったのです。

なんと賢く、そしてお優しい方なのでしょうか。あと死ぬほど可愛い。

その後、幸運にもルーク様の専属メイドの一人に選ばれたわたくしは、誓ったのです。

今後いかなることがあろうと、わたくしは生涯ルーク様の傍にお仕えし続けようと。

……つまりわたくしの献身は、決してルーク様がショタだからというだけではないのです。

ないったらないのです！

第二章　元婚約者

「お父様。悪いけれど、私、この家から出ていくわ」

「なっ……一体どういうつもりだ、セレン!?」

私の突然の宣言に、お父様が目を剝いて叫ぶ。

「どうもこうもないわ。私、さすがに今回のことだけは我慢ならないのよ」

こんな時代だ。どこの領主も、子供を使った政略結婚なんて当たり前のように行っている。

私も十歳の頃には、すでにアルベイル侯爵の子息の元へ嫁ぐことが決まっていた。

領地を護るには仕方ないと理解し、私はその決定に従うつもりだった。

でも、元々は侯爵の長男であるルークが、私の旦那になるはずだったのだ。

すでに何度か顔を合わせたことがあるけど、アルベイル侯爵と違って随分と優しい印象の可愛らしい少年だった。ちなみに私より三つ年下。……これも決して珍しいことじゃない。

だけど祝福の儀で彼が授かったのは、明らかに戦いには役立たないギフト。

一方、アルベイル侯爵の『剣聖技』を引き継いだのは、側室の子であるラウルの方だった。

その結果、私はラウルの方に嫁ぐことになってしまった。

ルークは開拓地送りにされたと聞いている。

「相手がルークならまだ我慢できたけど、あんな性格の捻じ曲がった男、絶対に御免だわ！」

「セレン!?　アルベイル領を継ぐのはラウル殿なのだ！　領地のためを思うなら……」

「絶対に嫌よ！　あんなのと結婚するなら死んだ方がマシよ！」

私はそう言い捨てて、お城を飛び出した。そのまま領地を出ていこうとする。

だけど、さすがにそう簡単には行かせてくれなかった。街道に領兵が配置されていたのだ。

「セレンお嬢様、どうかお戻りください」

「ふん、止められるものなら止めてみなさいよ」

私は強引に突破しようと、腰から二本の剣を抜いた。すると刀身がピキピキと音を立てて凍っていく。

私が本気であることが伝わったのか、領兵たちが思わず後退《あとずさ》った。

もちろん彼らは私の力を知っている。この程度の戦力では、私を止めることなどできないということも。

「っ……ど、どうか、セレンお嬢様……」

「くどいわ。とっととそこを退かないと、痛い目を見ることになるわよ？」

そう脅してやると、領兵たちは無念そうに道を開けた。

私は悠々と彼らの間を通り抜け、生まれ育った故郷を後にしたのだった。

◇◇◇

20ポイントが貯まると、僕はすぐに畑を作り出した。広さはだいたい五十メートル×五十メートルといったところ。

荒野の硬い土とは違い、良く耕された柔らかい土で、僕たちは早速、作物の種を植えていくことにした。

「そんな、ルーク様に畑作業など……」

「貴族のお坊ちゃん扱いしないで。ここは僕の村なんだから、やれることは自分でもやってみたいんだ」

「ルーク様……分かりました。ではお願いしましょうか」

二人がかりでも結構な時間がかかってしまった。

種を植えるだけでこれだ。畑を一から耕していたなら、どれだけ大変だったことか。

それでも、ちゃんと作物が育つかどうかは分からない。なにせギフトで作り出した未知の畑なのだ。

けれどそんな心配は、僅か数日後に杞憂《きゆう》に終わった。

「ルーク様、ご覧ください！　畑から芽が……っ！」

「えっ？　ほんとだ……っ！」

ミリアに呼ばれて慌てて見に行くと、確かに土から小さな芽が顔を出していたのだ。

しかもミリアによれば、普通より成長が早いようだという。

〈畑：良質な土の耕作地。作物の成長速度および品質アップ〉

と説明文に書いてあったけど、どうやらこれは本当だったみたいだ。

「やりましたね。もちろんまだまだこれからですが、どうにか食糧を確保できそうです」

「よかった」

一方、毎日加算される村ポイントを使って、僕は新たに物見櫓を作り、さらに土塀で村の周囲をぐるりと取り囲んだ。

〈物見櫓：遠くまで見渡せる木製の櫓。視力アップ〉

〈土塀：敵の侵入を防ぐための土製の塀。形状の選択が可能〉

本当は小屋をもう一つ作りたかったんだけど、ミリアがそれよりも万一に備え、防衛のための設備を整えるべきだと主張したからだ。

今のところ一度も魔物に襲われてはいない。でも遠くに何度かそれらしき影を見ていたし、確かにその通りだなと僕は納得した。

土塀の高さはだいたい二メートルくらい。大型の魔物には効果がなさそうだけど、小さな魔物なら侵入を防ぐことができそうだ。

「っ！　ルーク様！」

突然、物見櫓の上にいたミリアが叫んだので、何事だろうかと僕は彼女を見上げる。

ちょっ……スカートの中が見え……って、今はそんなこと気にしている場合じゃない。

「大変です！　ゴブリンの集団がこちらに向かってきています！」

「ええっ！」

十四ほどのゴブリンたちが、僕の村に近づいてきているという。

ゴブリンは醜悪な顔をした人型の魔物だ。身長はせいぜい150センチくらいで、一匹だとそれほど強くないけれど、群れると厄介だと言われている。

土塀を前に諦めて帰ってくれたらいいんだけど……。

「土塀を登ってきています！」

どうやら仲間を踏み台にして、土塀を乗り越えようとしているらしい。このままだと村の中まで侵入されてしまうのは時間の問題だった。

「戦うしかない……っ！　ミリアは危ないからそこにいて！」

「ルーク様!?」

僕は覚悟を決めて剣を手に取った。こんなときのためにと、お城から持ってきていたのだ。

剣の訓練をしておけば、それに関連するギフトを授かりやすい、などとまことしやかに言われていることもあって、僕は幼い頃から剣術を習っている。

結局、授かりはしなかったけど、まったく握ったことがないよりはマシだ。

「グギェギェギェッ！」

「っ！」

ついに一匹のゴブリンが土塀を乗り越え、村に侵入してきた。

体格は僕と同じくらい。手には石と木で作った斧のようなものを持っている。

僕に気づくや、真っ直ぐこっちに向かってきた。それほど動きは速くない。

……いける！

「はあああああっ！」

僕は裂帛《れっぱく》の気合とともにゴブリンに斬りかかった。相手も斧を振り上げたけれど、僕の方が僅かに早い。

「ギャッ!?」

「え？」

だけどその前に、どこからともなく飛んできた氷の矢が、ゴブリンの頭を貫いていた。

「久しぶりね、ルーク」

その声に振り返った僕が見たのは、土塀の上に立つ青い髪の少女だった。

「セレン!?」

その少女のことを僕は知っていた。

アルベイル家と友好関係にある、バズラータ伯爵家の領主の娘。そして、僕の元婚約者だ。

何度か城に来たことがあって、そのときに遊んだ記憶がある。

ちなみに、「元」というのは、領主に相応しいギフトを授かれなかった僕に代わり、弟のラウルが改めて彼女の婚約者になったからである。

でも、そんな彼女がどうしてここに……？

「アイスニードル」

「「「グギャアアッ!?」」」

セレンが放った氷の矢が、土塀を越えてきたゴブリンを次々と射殺していく。

そしてあっという間にゴブリンの群れを全滅させてしまった。

「大きくなったわね。最後に会ったのは二年前くらいかしら？」

何事もなかったかのように土塀の上から飛び降りると、彼女はこちらに歩いてくる。

「う、うん。そんなことより、何でセレンがここにいるの？」

「家出してきちゃった」

「ええっ!?」

てへっ、と可愛らしく舌を出してとんでもないことを暴露するセレンに、僕は驚きのあまり大きく仰《の》け反《ぞ》ってしまう。

「家出っていうか、絶縁？」

「もっとダメじゃん!?　何やってんのさっ？　そもそも、ラウルと婚約したんじゃなかったの？」

「破棄してやったわ」

「えええええっ!?」

驚愕する僕に、セレンはその理由をはっきりと言う。

「あんな奴と結婚するくらいなら死んだ方がマシだもの。でも死ぬくらいなら、家を捨てた方がマシでしょ？」

「そ、そんなに嫌だったんだ……」

考えてみたら、当たり前のことかもしれない。

だって領地のためだからって、好きでもない相手のところへ嫁がなければならないのだ。

僕は親に無理やり決められても、反発する気持ちはあまりなかった。

だけど、それはセレンが魅力的な女性だったからであって……。

「そっか……そうだよね……。僕はてっきり、セレンも結婚を嫌がってはいないのかなって思ってたけど……。そんなはずないよね。女の子からしたら辛いことだよね。好きでもない相手と無理やり結婚させられるなんて……」

「え？　もしかして何か勘違いしてない？　い、嫌なのは、相手がラウルだからであって……あなたとだったら……別に……」

「え？　今なんて？」

声が段々と小さくなって、よく聞き取れなかった。

「だ、だから……その……」

「すとおおおおおっぷっ！」

「「っ!?」」

突然、ミリアが大声で割り込んできた。櫓の上にいたはずなのに、いつの間にか降りてきたらしい。

「わたくしもいるのですが、二人だけで会話を進めないでいただけますか？」

「だ、誰よ、あなたは？」

「第一村人です」

「第一村人……？」

セレンは首を傾げた。

「はい。ここはルーク様を村長とする村ですから」

「そ、そう言えば、ここは一体どうなってるのよ？　こんなところへ開拓地送りにされたって聞いて、心配していたのに……土塀に物見櫓、それに井戸や畑まで……これ、もしかして二人だけで作ったの？」

セレンは周囲を見回しながら疑問を口にする。

「ええと……実際に見てもらった方が早いかも？」

「見てもらう？」

どういうことかと首を傾げているセレンの前で、僕は土蔵を生成することにした。

別に今すぐ必要なものじゃないけど、いずれ使う機会が来るだろうし。

〈土蔵：土製の保管庫。虫食いや腐敗を防ぎ、食料などの保存期間アップ〉

〈村ポイントを20消費し、土蔵を作成しますか？　▼はい　いいえ〉

次の瞬間、土でできた立派な蔵が出現していた。

「……は？」

ぽかん、と口を開けて驚くセレン。

「これが僕のギフト『村づくり』の能力みたいなんだ。こんなふうに必要な施設を一瞬で作り出すことができるんだ。もちろん、何でもってわけじゃなくて、今のところ作れるものは十種類しかないんだけど」

あと、作るにはポイントが要るので無制限じゃない。

「ちょっ、そんなギフト聞いたことないんだけど!?　も、もしかしてあそこの畑も？」

「うん。僕のギフトで」

「……道理で。こんな短期間で畑や井戸を作るなんて、どう考えても不可能だもの」

セレンが納得していると、僕の視界の端にまたあの文字が浮かんできた。

〈彼女を村人にしますか？　▼はい　いいえ〉

いやいや、さすがにセレンをこんな何もない村に住まわせるわけにはいかないでしょ！

僕は思わず内心でツッコみつつ、ひとまずこれはスルーして、

「それにしても、本当に大丈夫なの？　婚約破棄なんてしたら、きっと黙っていないと思うんだけど……」

アルベイルと比べると、セレンの実家のバズラータ伯爵家は兵力に乏しい。

もし今回の一方的な破棄でアルベイル侯爵家が激怒し、出兵なんてしたら、バズラータは一溜《ひとたま》りもないだろう。

「さすがにアルベイルにもそんな暇はないでしょ。バズラータまで敵に回しちゃったら、それこそ四面楚歌になりかねないもの」

「それもそうか……」

力のあるアルベイル家だけれど、領地が広いこともあって、周辺には敵対する領地が多い。

バズラータとの関係悪化は、アルベイルにとっても望むところではないだろう。

「でも、バズラータにとって、セレンの離脱は痛いんじゃ……？」

実はセレンは二本の剣で戦う才能『二刀流』と、水や氷の魔法の才能『青魔法』という、二つのギフトを持つ稀有《けう》な存在だった。

すでに戦場でも活躍していて、〈氷剣姫〉なんていう二つ名まで轟《とどろ》かせているほどだ。

「どのみち嫁に行かせるつもりだったんだし、大丈夫でしょ。それに、ちょうど弟が祝福で有力なギフトを授かったから。彼がいれば何とかなると思うわ」

そう言えば、セレンの弟は僕と同い年だったっけ。

「ともかく、この様子なら一応ここで生活ができそうね」

「え？　もしかして住むつもり……？」

「そうだけど？　どのみち領地には帰る気ないし、他に行く当てもないもの」

〈セレンが村人になりました〉

うわっ、勝手に村人になっちゃった!?　「はい」を選んだわけじゃないのに！

確認してみると、村人の数が確かに二人になっていた。

これで毎日の加算ポイントが12になったぞ！　って、そんなことよりも。

「幾らギフトがあるからって、まだちゃんとした家もなければ、収穫ができてないからロクに食糧もない状況だよ？　こんなところじゃなくても、セレンくらいの力があれば、どこに行っても重用されると思うんだけど……」

「何よ？　私が居たら都合が悪いっていうの？」

「いや、そういうわけじゃ……」

セレンの鋭い視線が、なぜかミリアへと向く。

ミリアもまた、セレンをじろりと睨み返した。

え？　何でこの二人、いきなり睨み合ってるの？　たぶん初対面だよね……？

「ここにはお風呂もなければ、ベッドもありません。正直言って、貴族のお嬢様にはお辛い環境かと」

「それくらい戦場では当たり前のことよ。さっきみたいに魔物が襲ってきたとき、私の力が必要でしょ？　あなたにルークを護るだけの力があるかしら？」

剣呑《けんのん》な雰囲気で言い合う二人。

ちょっ、何でこんなに仲が悪いの……っ？

「……そうですか。ならば勝手にすればよいかと思いますが、ここでは身分など関係ありません。第一村人のわたくしが先輩ですので、その辺りはお忘れなく」

「あら、それはつまり、それくらいしか私にマウント取れることがないっていう宣言かしら？」

どちらかと言うと、セレンが押しているようだ。

ていうか、仲良くしようよ……。

「いえ、胸のことに触れてはさすがに可哀想かと思いましたので」

「誰が貧乳よおおおおっ!?」

「はて？　わたくしがいつ貧乳と申し上げましたか？」

「う、うるさいっ！　まだこれから成長するんだからっ！　ていうか、これでもBはあるし！」

「ちなみにわたくしが十五歳の頃にはすでにその三倍はあったかと」

「〜〜っ！　わ、私は後から追い抜くタイプなのよ！」

先ほどまでの攻勢から一転、コンプレックスを突かれたのか、セレンが涙目になって叫ぶ。

……向こうに行ってようかな。言い争う二人に巻き込まれないよう、こっそりその場から立ち去る僕だった。

だけど夜になって、またひと悶着があった。

「あんたたち、こんな狭いところに二人っきりで寝ていたの……？」

「そうですが、何か？」

「何がって、どう考えてもおかしいでしょうが!?」

セレンが声を荒らげ、糾弾《きゅうだん》してくる。

それもこれも、小屋が一つしかないせいだ。

「もちろんあなたにそれを強要するつもりはありません。ぜひお外で就寝なさってください」

「何でそうなるのよ!?」

「ふ、二人とも、仲良くしてよ……」

「ルーク（様）は黙ってて（ください）！」

「……はい」

こんなことなら、とっとと小屋をもう一つ作っておくんだった……。

生憎《あいにく》とセレンに見せるため土蔵を作っちゃったせいで、ポイントが足りないのだ。

「あ、そうか。僕が土蔵で寝ればいいのか」

妙案を思いつき、ぽんと手を打つ僕。

「そういうわけにはいきません。村長はルーク様なのです」

「そうよ。土蔵で寝るのはこの女一人でいいわ」

「それはつまり、ルーク様と二人っきりで寝たいと？　なんという淫乱な女なのでしょうか」

「そんなこと言ってないでしょ!?　ていうか、自分のことを棚に上げないでくれるかしら!?」

結局、なぜか三人とも小屋で寝ることになってしまった。

しかも僕が二人の間に挟まれる形で。

「(すーはーすーはー……ルーク様、今日も良いにおいです……ぐふふ……)」

「(い、勢いで一緒に寝ることになっちゃったけど……うぅ、恥ずかしい……でも……わ、悪くないかも……もうちょっと、近くに……)」

……眠れない。

ルークの村
村レベル：1

村ポイント：54（毎日12ポイントずつ加算）
村人の数：2人
村スキル：施設作成

「よし、やっと50ポイント貯まったぞ！」

最初に村を作ったのが夕方だったので、毎日、村ポイントが加算されるのは夕方だ。

新たに12ポイントが加算されたことで、ついに目標だった50ポイントに到達した。

これで今日の夜は地獄から抜け出せるかもしれない。

セレンが村に来てからというもの、狭い小屋の中、仲の悪い二人に挟まれる形で寝る羽目になってしまった。

無論、そんな状況で安眠なんてできるはずもない。お陰でここのところずっと寝不足だ。

でも50ポイントあれば、念願だった家屋・小を作成できる。

どれくらいの広さかは分からないけど、少なくとも今よりは広いに違いない。

〈家屋・小：風呂・キッチン・トイレ完備の快適空間。最低限の家具つき〉

〈家屋・小を作成しますか？　▼はい　いいえ〉

「お願いします！」

頷くと、目の前に一軒の木造の平屋が出現した。

「わっ、本当に家具がある！」

広さは小屋の二倍くらい。しかも説明文の通り、ベッドや机、棚などの家具が備え付けられていた。

「キッチンもある」

「キッチン？　調理場のこと？　なんか変なのが付いてるけど……」

訊いてきたのはセレンだ。

「蛇口だね。青い方を捻ると水が、赤い方を捻るとお湯が出るはず」

実際に試してみると、簡単に水とお湯が出てきた。

「わっ、本当！　……でも、何で分かるのよ？」

「ええと……自分のギフトだからね」

前世からの知識だとは言えない。

「もしかして魔道具の一種かしら……？　まるで魔力が感じられないけれど……」

セレンは不思議そうに首を傾げている。確かに魔道具かと思っちゃうよね。

「ルーク様、こちらは何でしょうか？」

「ガスコンロだね」

「ガスコンロ……？」

「このつまみを押した状態で捻ると、簡単に火が付くんだ。ほら、この通り」

「ほんとだわ……一体どうなってるのよ……？」

「さすがはルーク様のギフトです。今までは屋外でしたが、これならもっと楽に料理ができそうですね」

ミリアが心なしか弾んだ声で言う。

「この扉は何だろう？」

奥にあった扉を開けてみると、そこは狭い部屋になっていた。

「ユニットバスだ」

「ユニットバス……？」

「これはトイレの便器で、こっちはお風呂になっているんだ」

「ただの椅子じゃないの？」

「違うよ、ほら」

便器に付いていた蓋を開けてみる。するとそこにはお尻を置くための場所と、その下に水が溜まった容器があった。

水洗トイレだ。これも僕はまだこの世界では一度も見たことがない。

「つまみを捻ると勝手に水が流れてきて、便を下水道に流してくれるんだ」

下水道なんて整備してないけど。流した便は一体どこに消えていくのか……うん、深くは考えないようにしよう。

「お城だと下級の使用人が溜まったモノを回収してたけど……」

「トイレにスライムを使っている地域があると聞いたことがあります。ですが、これはそのタイプでもないようですね」

何でも吸収してしまうスライムは、糞尿も吸収して綺麗にしてくれるらしい。

お風呂にはキッチンと同じ蛇口が付いていた。つまり簡単にお湯で身体を洗うことができるということだ。

前世だと当たり前のことだけれど、この世界では画期的な代物《しろもの》だろう。

「じゃあ、これからは外の井戸を使わなくていいってことね！」

「……そうですか（くっ、外ならルーク様が身体を洗うところをこっそり覗き見することができたというのに……！）」

喜ぶセレンと、なぜか残念そうにするミリア。

「というわけで、これで寝床が二つになったから、これからは男女別々で眠れるね」

「「……」」

僕が勝ち誇って言うと、なぜか二人は無反応だった。

何で無言なの？　と当惑していると、ミリアが先に口を開く。

「この女と二人きりで寝るなんて、考えられないのですが？」

「私もよ」

……そうだった。

確かに仲の悪い彼女たちを、二人きりにするのはよくない。

かといって、どちらか一人だけが僕と一緒に寝るというのも変だ。

「うぅ……わ、分かったよ。じゃあ、三人で家屋の方で休もう」

小屋と違って広いし、今までよりはマシだろう。僕が床で寝るとして、ベッドは順番に二人で使ってもらえばいい。

と、思ったんだけれど――

「何で三人一緒にベッドに寝ることになってんの!?」

なぜか三人そろって、一つしかないベッドで寝ることになってしまっていた。

「ルーク様にベッド以外のところで寝ていただくわけにはいきません。ですので、ルーク様がベッドに寝ることは確定です」

「私は床で寝ることに何の抵抗もないけど、この女の隣で寝ることだけは絶対にご免よ」

「癪《しゃく》ですが、わたくしも同意見です。となると、もはや残るはルーク様を間に挟むこのスタイル一択」

「同じくよ」

まったく意味が分からないんだけど！

しかも小屋のときよりもさらに密着した状態だ。

右を向いたらミリアの整った顔がすぐ目の前にあるし、左を向いたらセレンの可愛らしい顔がすぐ目の前にある。

となると、上を向いているしかないのだけれど……。

首筋を擽《くすぐ》ってくる吐息に、柔らかな感触に包まれた両腕……お陰でずっと心臓のドキドキが止まらなくて。

「(……やっぱり眠れない！)」

◇◇◇

私が初めてアルベイル侯爵のお城に行ったのは、十歳になったばかりの頃だった。

「セレン、これからルーク様にお会いすることになる。いずれお前の旦那になるお方だ。ちゃんとお淑《しと》やかにしているんだぞ」

「……」

どうやら私とそのルークという男の子との間で婚約が決まったため、その祝賀会が開かれるらしかった。

自分のことだというのに、正直あまり関心がなかったことを覚えている。

だから大人たちが忙しく祝賀会の準備をしている間、退屈になった私は一人、部屋を抜け出し、お城の中庭を散策していた。

そのときだった。どこからか飛んできた石が、私の足元に転がってきたのは。

視線を転じると、石を手にした男の子を発見する。私よりも幾つか年下だろう。いかにも乱暴そうな少年で、ニヤニヤと悪そうな笑みを浮かべている。

恐らく先ほどの石も彼が投げたものに違いない。ただ、どうやら私に向かって投げたわけではなさそうだった。

「う、うぐっ……ど、どうか、お許しください……っ！」

使用人だろうか、同じくらいの年齢の男の子が泣きながら訴えている。よく見ると木に縄で括り付けられていて、身体のあちこちから血が出ていた。

「ははっ！　次は顔を狙うぜ！」

そんな相手の状況などお構いなしに、先の男の子は恐ろしい宣言をしながら大きく石を振りかぶる。

「ちょっと、何やってるのよ!?」

私は思わず怒鳴りながら、彼らの元へと割り込んでいた。

「ああ？　何だ、うるせぇな。遊んでるだけだろ」

「こんな危ない遊びはやめなさいよ！　当たり所が悪くて死んだらどうするのよ！」

「そんときはまた他の奴で遊ぶからいいんだよ。代わりなんて幾らでもいるし」

「っ……」

殴ってやろうかと思ったけれど、さすがに人の城に来ておいてそれはマズいと思い止まる。十歳の私にもそれくらいの分別はあった。

それに身なりや年齢から考え、この少年がルークかもしれない。もしそうだったら、さすがに殴ったら大問題だ。

ただ、こんな奴との婚約だけは絶対に御免だと思った。

「おらよっ！」

そんなことを考えていると、少年は私の目の前でまた石を投げた。幸い狙いは大きく逸れて、全然違うところへ飛んでいく。

「あいたっ!?」

聞こえてきたのは悲鳴だった。不運なことに、たまたま近くを通りかかった誰かに、今の石が当たってしまったらしい。

「いててて……」

「だ、大丈夫!?」

「う、うん、平気」

「って、血が出てるわよ!?」

可愛らしい男の子だった。石を投げた子とは対照的にすごく優しそうで、額に血が滲んでいるのに怒る様子もない。

ただ、不思議なことに石を投げた方がこの状況に狼狽《うろた》え出す。

「っ！　お、おれは別にお前を狙ったわけじゃねぇからな！　たまたまだ！」

そう叫んで、逃げるように去っていってしまった。

その後、私はあの可愛らしい男の子がルークで、乱暴な方は弟のラウルだと知って、すごく安心したことを覚えている。

数年後に再会したとき、そのときのことを思い出しながら、私はルークに訊いてみた。

「ねぇ、あのこと侯爵には言ってないの？　側室の子が正妻の子を怪我させたんだから、大問題でしょ」

「うーん……そうしたらラウルの立場がますます悪くなっちゃうし」

「悪くなって当然じゃないの！」

「あはは……でも、一応あれでも僕の弟だからね。それに、お母さんが元メイドだったこともあって、ただでさえ色々と周りから言われちゃうみたいだし……」

「ほんと、あなたってお人好しにもほどがあるわ（まぁでも、そんなところが好きなんだけど……）」

「？　何か言った？」

「ななな、何でもないわよ！」

やっぱりルークは優しい。

結婚するのがこの子でよかったなと、改めて私は思ったのだった。

第三章　レベルアップ

　開拓地に来て、そろそろ一か月が経とうとしていた。

　『村づくり』ギフトのお陰で、思っていた以上にまともな生活ができている。

　未だにセレンとミリアの仲が芳《かんば》しくないけど……それ以外はとても順調だ。

　屋敷にいた頃は、将来のための勉強漬けの毎日で、こんなふうにのんびりと過ごすのは初めてかもしれない。

　こんな日々も悪くないなと、僕は開拓地での生活を楽しみ始めていた。

　そうそう。畑に植えた作物も順調に成長している。すでに実がなりはじめている作物があるほどで、もう近いうちに収穫できそうだった。

　ちなみに畑は四面分ある。他に作るべきものがなくなったこともあり、ポイントを余らせておくのも勿体ないと思って増やしたのだ。

　作物によっては失敗する可能性もあるので、念のため色んな野菜を育てている。ミリアが領地からたくさん種を持ってきてくれていたお陰だ。

ただ、このままだと三人では食べ切れない量になりそうだった。

〈土蔵：土製の保管庫。虫食いや腐敗を防ぎ、食料などの保存期間アップ〉

という説明を信じれば少しは長く持ちそうだけど、それでも限度があるだろう。

「私の魔法で冷やしておけばいいわ。何なら凍らせておく手もあるし」

「あ、あるほど。やっぱり魔法って便利だね」

「ふふ、私がいてよかったでしょ？　貴重なお肉が手に入っているのも、私のお陰だものね」

勝ち誇ったようにミリアを見ながら、セレンは言う。

最近、北の森へ狩りに行って、野生の猪なんかを獲ってきてくれているのだ。

セレンの実力なら、魔境の奥にまで入りさえしなければ、一人でも十分狩りができるらしい。

「はて、その肉を美味しく食べることができているのは、誰のお陰でしょう？　どこかの戦闘バカ一人では、解体はおろか、料理すらできないというのに」

ミリアが平然と言い返す。

「ぐぬぬぬ……」

生憎とセレンの料理の腕はからきしだ。

一度ミリアに対抗して調理しようと挑戦したけれど、できあがったものは味以前にニオイが酷すぎて、口にすることすらできない代物だったっけ。

「……喧嘩はやめてよね」

溜息とともに二人を仲裁する僕。いい加減、諦めつつあるので、もはや声には力がない。

と、そのときセレンが何かに気づいたように、パッと顔を西の方へと向けた。

「どうしたの、セレン？」

「声がしない？」

「声？」

「櫓から確認してみるわ」

セレンが物見櫓の梯子《はしご》を身軽に登っていく。僕もその後を追った。

もしかしてまた魔物かな？　だとすれば、セレンが倒してくれたゴブリンの群れ以来だ。

遅れて櫓の上に辿り着いた僕に、セレンが村を囲む土塀の向こうを指さして言う。

「見て、人よ」

「本当だ」

土塀の向こう側。驚きと警戒の入り混じった顔でこっちを見ていたのは、五十人ほどの集団だった。

すでに物見櫓の上にいる僕たちに気づいているようだ。何やら口々に言い合っているみたいだけど、遠くて全然聞こえない。

武器らしきものを持っているわけではないので、いきなり乗り込んでくることはなさそうだ。

攻撃的な集団じゃなくてよかった。

「見たところ危険そうな感じはしないわね。大半は女性や子供だし……身に付けている服はボロボロで、随分と疲弊しているみたい。もしかしたら難民かもしれないわ」

セレンが言う通り、五十人のうち四十人くらいは女子供だ。若い男性が明らかに少ない。

難民というのは、災害や戦争などで住む場所を失った人たちのことだ。今の時代には決して珍しいものではない。

「最近また大きな戦いがあったそうだし、そこから流れてきたのかも」

「うーん、今にも倒れそうな人もいるし……放っておくわけにはいかないよね」

この一帯は草木もなかなか育たない荒野で、この村を除くと、水も食料もロクに手に入らない場所だ。このままだと彼らは全員、餓《う》えて死んでしまうだろう。

僕は物見櫓から降りると、彼らの元へと向かった。


「まさか、こんなところに村があったなんて……」

「つい最近できたばかりで、まだ三人しかいないですけど、一応、僕が村長のルークです」

「あなたが……？　い、いいえ、申し遅れました。私はベルリット。一応、この集団を代表しております」

ベルリットと名乗ったその集団のリーダーは、三十代半ばほどの男性だった。

本来なら屈強な体格なのだろうけれど、ロクに食べていないのか、今は痩せ細って骸骨のようだ。彼だけじゃない。女性も子供も、例外なく酷い飢餓状態のようだった。

そんな彼らを、僕は村の中へと招き入れていた。セレンやミリアとも話して、危険はないとの判断だ。

詳しい話を聞いてみると、やはり彼らは難民らしかった。どうやら村を捨てて逃げてきたらしい。

男性が少ないのは強制的に徴兵されたせいで、高齢者が全然いないのは体力がなくて足手まといになりかねないからと、村に置いてきたからだという。

村長だったベルリットさんの父親もそうして村に残った一人で、今はベルリットさんがこの集団を率いている。

老人は徴兵されたり奴隷にされたりする可能性が低いので、若者の足手まといになるよりは、住み慣れた村に残りたいという人が大半だったみたいだ。

「そうして我々は、当てもなく彷徨《さまよ》った果てに、この荒野へと辿り着きました。水も食べ物も尽きかけた中、ようやく発見したのが、この場所だったのです」

「そうだったんですね……。えっと、まだ収穫前で、僕たちも十分な食糧があるわけじゃないけど、できる限りは用意しましょう。あ、水についてはそこに井戸があるので、好きなだけ飲んでもらって構わないです」

「ほ、本当ですかっ？　ありがとうございます！」

　餓え以前に、かなり喉が渇いていたようで、難民たちは井戸へと殺到した。ただ、手押しポンプなんて使ったことがあるはずもないので、そろって井戸の前で首を傾げてしまう。

「こうやって水を出すんです。ほら、こんな感じで」

　慌てて駆け寄って、ハンドルを押してあげる。勢いよく水が流れ出てくると「おおおっ！」と歓声が上がった。

「こんな井戸があるなんて……」

「ああ！　生き返る！」

「おい、俺にも早く飲ませてくれ！」

　うーん、井戸が一つじゃ足りなそうかな？

　よし、ポイントも余ってるし、もう一つ作っちゃおう。

〈村ポイントを30消費し、井戸を作成します〉

「皆さん！　あちらにも井戸がありますので、そっちも使ってください！」

「本当だ!?」

「さっきまであそこに井戸なんてあったか……？」

「何にせよ、ありがたい！」

　彼らが喉を潤している間に、ミリアが食事を準備していた。昨日セレンが狩ってきたばかりの猪に加え、残っていた小麦も使う。

「よろしいのですか、ルーク様？　全員分となると、小麦の在庫が尽きてしまいますが……」

「そうだね。でも、みんなお腹空いてるみたいだから」

残っていた小麦もすべて使ってしまうことにした。ただ、全員で分けると微々たる量にしかならないだろう。

「ひ、久しぶりの食べ物だ……っ！」

「本当に食べていいのかっ⁉」

それでも空腹状態の彼らには、涙が出るほど嬉しかったらしい。

「少ないですけど、よかったらどうぞ。皆さんで分けてください」

僕がそう言ったからか、彼らは決して取り合ったりすることなく、ちゃんと互いに分け合いながら食べてくれた。

「ママ、おいしいよ」

「そうね、ママもこんなに美味しいもの食べたことないわ」

よほど空腹だったのだろう、あっという間に食べ尽くしてしまう。恐らくまだまだ足りないはずだ。だけど誰一人として文句を言うことはなかった。

「もっと用意できたらよかったんですが」

「そんな！　十分ですよ！　こんなありがたい施しをしていただき、なんとお礼をすればよいものか……」

僕が申し訳なく思いながら言うと、ベルリットさんは涙ながらに感謝を口にした。

他の村人たちも、まるで神を崇めるような勢いで僕たちを拝んでいる。

それでも、これで彼らの危機が去ったわけじゃない。この荒野で生き抜いていくなんて、とてもじゃないけれど不可能だろう。

〈彼らを村人にしますか？　▼はい　いいえ〉

そのとき僕の心の中を察したかのように、視界の端にその文字が浮かび上がった。

「……ベルリットさん。良かったら、この村に住みませんか？」

「えっ？」

驚くベルリットさんに、僕は提案する。

「実はちょうど人手を欲していたところなんです。あそこに収穫間際の畑が見えると思いますが、たった三人で収穫するのは大変です。それに、きっと僕たちだけで食べるには多過ぎるでしょう」

「で、ですが、三人では多くとも、これだけの人数となると……。加えて我々の多くは女子供……期待されるほどの労働力を提供できるとは、とても……」

「そうかもしれません。でも、気にしないでください。困ったときはお互い様ですよ」

「ああ……ありがとうございます……ありがとうございます……」

僕の言葉に、ベルリットさんが号泣しながら礼を言う。

次の瞬間、視界に次々と文字が現れた。

〈ベルリットを代表とする51人が村人になりました〉

〈パンパカパーン！　おめでとうございます！　村人の数が10人を超えましたので、村レベルが2になりました〉

〈レベルアップボーナスとして、100村ポイントを獲得しました〉

〈作成できる施設が追加されました〉

〈村面積が増加しました〉

〈スキル「村人鑑定」を習得しました〉

〈パンパカパーン！　おめでとうございます！　村人の数が30人を超えましたので、村レベルが3になりました〉

〈レベルアップボーナスとして、300村ポイントを獲得しました〉

〈作成できる施設が追加されました〉

〈村面積が増加しました〉

〈スキル「配置移動」を習得しました〉

……と、突然の文字の洪水に、少し眩暈《めまい》がしてしまった。どうやら村人が増えたことで、村レベルが上がったみたいだ。それも一気に二つも。

ルークの村

村レベル：3
村ポイント：764（毎日83ポイントずつ加算）
村人の数：53人
村スキル：「村人鑑定」「配置移動」

レベルアップボーナスとかいうもので、一気に400ポイントも貰えた。
それに毎日の加算ポイントが大きく増えている。
村に迎え入れたものの、五十人もの集団に一体どうやって生活してもらおうかと考えていたけれど、これなら何とかなるかもしれない。
ひとまずレベル2になったことで、新たに作成可能になった施設を確認しておこう。

水堀（30）　木造門（30）　公園（30）　家畜小屋（80）　長屋（80）

続いてレベル3になったことで、新たに作成可能になった施設は。

石垣（50）　酒造所（50）　屋外調理場（60）　牢屋（80）　家屋・中（100）

「……長屋か」

〈長屋：平屋建ての集合住宅。一棟につき2DKの部屋が五つ。共用トイレ付き〉

「これはちょうどいいかも」

2DKの間取りがあれば、五人家族ならギリギリ生活できる。

80ポイントの長屋一つで二十五人が暮らせるなら、家屋・小を作成するよりも随分とポイントを節約できるはずだ。

畑ももっと増やさないといけないし、できるだけポイントを残しておきたかった。

「まずは村を広げないと」

現在の村の広さでは、長屋を三棟も置いたら窮屈で仕方がない。

「だけど、すでに土塀で囲っちゃったし……あ、もしかして「配置移動」スキルが使えるんじゃ……？」

作成済みの施設を、好きな場所へと移動させることが可能なスキルらしい。

これは便利だ。

レベルが上がって村面積が拡張されたところへ、僕は土塀を動かしていく。当然、土塀が足らない部分が出てしまったので、そこに新しく土塀を作成することで村全体をしっかりと囲い直した。

そうしてできたスペースに、僕は三棟の長屋を作成する。

中を覗いてみると、家屋・小と同様、最低限の家具が備え付けられていた。キッチンもある。

トイレに関しては、各棟に一か所ずつしかないようだ。共用トイレという形で、便器が何個かある。まぁ十分だよね。

一方、お風呂は一切なかった。

なので、代わりに各棟に一つずつ井戸も置いておくことにした。この世界でお風呂に入れるのは身分の高い人たちだけで、普通は水浴びなどで済ますものだ。だから不満を抱かれることはないだろうけど、いずれどうにかできたらとは思う。

これで彼らの生活できる環境が大よそ整ったはずだ。

……あっという間だったね。

「ええと、皆さん。ここを使ってください」

僕が声をかけると、彼らは目と口を盛大に開けてその場に立ち尽くしていた。

「い、今のは一体……？」

「土塀が動いたように見えたんだけど……」

「何もないところに突然、建物が……」

「ひえええ……」

中には腰を抜かしてしまったおじさんもいる。

「あ、す、すいません、驚かせてしまったみたいで……。えっと、今のは僕のギフトの力で、決して怪しい魔法とかじゃないので大丈夫です」

僕は慌てて説明した。

「な、なんと！　村長様はギフト持ちでしたか！」

「こんなこともできてしまうとは……」

「まさに神の御業……っ！」

これだけ驚かれるのも、ギフト持ちの数が極めて少ないからだろう。

祝福を受けても授からない人がいる上に、そもそもその祝福を受けること自体が難しい。というのも、庶民には手が届かない額の献金が必要だからである。

だから祝福を受けられるのは、貴族や裕福な商人、あるいは代々ギフトの力を活かして領地の発展に貢献している職人などに限られているのだった。

でも、ギフトの力は凄く大きい。身分にかかわらず全員が受けられるようになったら、もっと領地が発展するだろうに……なんて思うんだけれど。

新しい村人たちが恐る恐るできたての長屋に入っていくのを見ながら、僕は続いて畑の拡張を行うことにした。

幾ら作物の成長が早いと言っても、今の四面分では五十人を超える村人を食べさせていくには足らないだろう。村を拡張させて空いた場所に、僕はどんどん畑を作成していく。

「ひとまず全部で十面もあれば大丈夫かな？」

サッカーコートの三、四倍もの広さになった。種を蒔くのが大変そう……まぁ、新しく増えた村人たちにやってもらえばいいか。

元の村では農業を営んでいたみたいだし、僕なんかよりずっと詳しいだろう。

「後は……そうだ。スキルをもう一つ覚えていたっけ」

スキル「配置移動」は、一度作成した施設を好きな場所に移動させることができるという、かなり便利なものだった。

「この「村人鑑定」っていうのは、どんなものなんだろう？」

〈村人鑑定：任意の村人を鑑定することが可能〉

説明を読んでもそのままのことしか書かれていない。実際に試してみるしかなさそうだ。

ちょうどいいところへ、ベルリットさんがやってきた。

「村長様、この畑は……？　さっきまではなかったような……。なっ……このふかふかとした柔らかさ……それに適度な弾力……これは素晴らしい土です！」

「人数も増えたし、新しく増やしたんです」

「増やした……これだけの畑を……」

「ゆっくり身体を休めてからで構いませんので、種蒔きを手伝ってもらえると嬉しいです」

「も、もちろんお手伝いします！　食事ばかりか、寝床まで与えていただいたのです。この御恩に報いようと、みんな喜んで働くことでしょう」

「うん、でも、無理はしないでくださいね？」

鼻息荒く言うベルリットさんを見つめながら、僕は「鑑定」と小さく呟いた。

ベルリット
年齢：36歳
愛村心：高
推奨労働：まとめ役
ギフト：なし

するとそんな文字が視界の端に浮かび上がってくる。

愛村心って何だ……？　あ、どうやら説明文があるようだ。

〈愛村心：村への忠誠心や帰属意識のこと。愛村心が低い村人は、犯罪行為に走ったり、反乱を起こしたりするため注意が必要〉

考えてみたら、村の人口が増えるとそういう危険性も出てくるよね。

でも、このスキルがあれば兆候を知ることができるってことか。心の中を覗き見るようで少し罪悪感があるけど……。

ベルリットさんは「高」になっているので、すでにこの村のことを良く思ってくれているようだった。

続いて推奨労働について読んでみる。

〈推奨労働：その村人に適した仕事〉

つまりそれが「まとめ役」になっているベルリットさんは、まさに今のポジションが適任ってことか。

ていうか、そんなのが簡単に分かっちゃっていいの……？

意外と凄い能力じゃ……。それだけで一つの有力なギフトに匹敵するかもしれない。

あくまで村人限定ということみたいだけど。

翌日、僕は新しく増えた村人たちを村の中心に集めていた。

こんな風に大勢が集合できる広場として使えるように、スペースを開けておいたのだ。

「おはようございます、ベルリットさん。昨晩はよく休めましたか？」

「はい、立派な寝床をいただいたお陰で、久しぶりにちゃんと眠ることができました。しばらくずっと野宿が続いておりましたので……」

長屋の一部屋はあまり広くないし、大丈夫かなと思っていたけど、彼らにとっては寝床があるだけでも天国だったみたいだ。

きっと大変な思いをしながらここまで来たのだろう。

「それはよかったです。えっと、それで一応、今後のために皆さん一人一人のことを把握しておきたくてですね。名前や年齢、性別、家族構成なんかを知っておけば、お仕事の割り振りもしやすいかな、と」

「おお、それはそうですね。しかしそれなら、私の方でやりますが……」

「いえ、村長として、できるだけ全員の顔を覚えておきたいですから」

そうして僕は、新しく増えた村人たちから個人情報を聞き出し、一人ずつ記録していった。

と同時に、僕はこっそり全員に村人鑑定を使っていく。

主に推奨労働を知るためだ。今後の仕事の割り振りに役立つだろうからね。まぁ今のところこの村の仕事の大半は畑仕事だけど。

七人目を村人鑑定したところで、僕はあっと驚かされた。

パルラット
年齢：32歳
愛村心：高
推奨労働：戦士
ギフト：〈剣技〉

……ギフトの項目に、カッコつきの「剣技」がある？

この（剣技）ってどういうことだろう？　もしかして未祝福のため、まだギフトを授かっていないということ？

本来なら授かってもおかしくない才能が、こんな風に眠っているなんて……。

他にも同じような人がいるかもしれない。

「……村長？」

「い、いえ……。それで、バルラットさんの家族構成は？」

「はい、俺のところは――」

詳しく聞いてみると、どうやらこの人、ベルリットさんの弟さんらしい。

道理でちょっと名前が似ているわけだ。

妻と二人の子供がいるので、この村で受け入れてもらえたことを本当に感謝してくれていた。

それからも僕は新しい村人たちの確認を続けた。

判明した彼らの構成はざっくり次の通りだ。

年齢：子供（0～11歳）12人、成人（12～50歳）37人、高齢者（51歳～）2人
性別：男性18人、女性33人
世帯数：14

推奨労働については、かなりバラバラだった。

農業や商人といったオーソドックスなものから、牢番とか拷問官といったちょっと物騒なやつ、踊り子や歌い手といった芸術系など、多彩だ。

それにしても、六十を過ぎたおばあちゃんの推奨労働が拷問官だったんだけど……？

高齢者のうちの一人で断トツの最高齢だけれど、若者に負けない健脚で、ここまで旅してきても平気だったみたいだ。

ひとまず推奨労働が農業の人たちに、畑の管理を任せることにした。

もちろん彼らだけでは人手が足りないので、全員で協力して収穫作業などを行うつもりだ。

さらに潜在的なギフト持ちは、なんと全部で五人もいた。

バルラットさん以外の四人の潜在ギフトは、次のようなものだ。

調合理解　赤魔法　迷宮探索　文才

『調合理解』は、恐らく薬草などの調合に関する才能だと思う。

持っていたのは二十代の女性で、すでに旦那を病気で亡くしてしまい、今は未亡人だという。

『赤魔法』は炎や熱に関する魔法の才能だ。これは十歳の女の子が持っていた。

『迷宮探索』は、たぶんダンジョンなどを探索する才能だと思われる。

持っていたのは三十代後半の男性だ。両親はすでになく、兄弟もいない、しかも独り身というこ
とで、彼が難民たちの中で唯一の単身世帯だった。

『文才』は文章に関する才能だろう。持ち主は十四歳の少年だ。

偶然かもしれないけれど、思ってたより潜在的なギフト持ちって多いんだね。

五十一人中五人だから、ちょうど一割くらいだ。

僕が教わっていた家庭教師の先生によれば、貴族だとギフト持ちが五割を超える一方で、平民は
百人に一人にも満たないって話だったはず。

だから僕の「全員が受けられるようにしたら、もっと領地が発展するんじゃないの？」という疑
問に、先生は「百人に一人ではたかが知れている」って答えたんだっけ。

……もしかしたらギフトの力を貴族たちで独占したかったのかもしれない。

それに万一、平民に有力なギフト持ちが現れた場合、反乱の恐れもある。だから教会と結託し、
祝福を制限していた。

というのは、邪推のし過ぎだろうか？

「なんだか一気に村っぽくなってきたわね」

そこへセレンがやってきたので、僕はこっそり彼女も鑑定してみる。

セレン
年齢：15歳
愛村心：高
推奨労働：将軍
ギフト：二刀流　青魔法

推奨労働が将軍なんだけど……。

確かに彼女には、兵士たちを率いて戦場を駆け抜けるイメージがしっくりくる。

でも、ただの村に将軍なんて要らないよね……？

それよりも人が増えて肉が必要になるので、これまで以上に狩りを頑張ってもらえたらありがたい。

「ルーク様、今後も村に難民がやってくる可能性があります。今から備えておくべきかと」

「うん、そうだね。聞いた話だと、あちこちで増えてるみたいだし」

そんなやり取りをしつつも、今度はミリアに村人鑑定を使う。

ミリアのことだし、推奨労働はやっぱり「メイド」とかかな……？

ミリア

年齢：21歳
愛村心：超
推奨労働：神官
ギフト：（神託）

二十一歳だったんだ……って、そんなことより。

ミリアも潜在ギフト持ちじゃないか！

しかも『神託』というギフトは、人々に祝福を授けるためのギフトに外《ほか》ならない。基本的には教会が囲ってしまっているため、教会以外でこのギフト持ちを見かけることはなかった。

でも、まず本人が祝福を受けないといけないのか。

この村からだと、祝福を受けられる一番近い教会まででも結構な距離がある上に、何よりお金が足りない。

「どうしたものか……」

「ルーク様？　どうされたのですか？」

「うん、実は……」

本人に隠しておくのはよくないだろうと思って、僕は話してしまうことにした。

もちろんまだ内緒にしていた村人鑑定の力についても、併せて伝えるしかない。

ミリアだけに話すと、後でセレンに知られたら「仲間外れにしないでよ！」と怒ると思うので、彼女も一緒だ。

「『村人鑑定？』」

「うん」

「あなたのギフト、さすがにちょっと出鱈目《でたらめ》すぎないかしら……」

「さすがルーク様です。きっと神々に愛されているのでしょう」

呆れるセレンに対して、手放しで僕を称《たた》えてくれるミリア。

「それで、その村人鑑定をこっそりミリアに使っちゃったんだ」

「も、もちろん構いません（まさか、わたくしのこの気持ちの悪い感情まで知られたなんてことは……）」

「あんた、何か動揺してない？　もしかして何か隠してるんじゃないの？」

「小娘は黙っていてください。今、ルーク様はわたくしのことについて話をされているのです」

「誰が小娘よ！」

喧嘩はやめてってば。

「その結果、ミリアには祝福を受ければ手に入るギフトがあったんだ」

「そんなことまで分かるの……？」

呆気に取られるセレンを余所《よそ》に、僕はそれが『神託』のギフトであると告げた。

「『神託』……なるほど、それがあれば、この村でも住民にギフトを授けられるようになるということですね」

「そうなんだ。ただ、そのためにはミリアがまず祝福を受けないと、っていう……」

　まぁ二人に話したところで、解決できるわけじゃない。とりあえず知っておいてもらっただけだ。

「ギフト『神託』……どうにかして授かれないものでしょうか……」


　新たな村人たちが増えてから、三日後。

　ついに僕たちは最初の収穫を行うことになった。

「うわっ、何これ!?　めちゃくちゃ大きいぞ！」

「こっちの野菜も、信じられないくらい育っているわ！」

　そんな声が畑のあちこちから聞こえてくるくらい、作物は立派に実っているようだった。

　そして全員が力を合わせたお陰で、二時間ほどで収穫作業を終えることができた。

　今回やったのは最初に作成した四面の内の二面だ。比較的早く育つ野菜を植えていたためらしいけれど、それでもたった一か月ほどでの収穫は普通ではないらしい。

「素晴らしいですよ、村長。こんなに大きく育った野菜、今まで見たことないです」

「え、そんなに？」

「はい！　やはりこの畑の土が良いお陰ですね」

農業にも詳しいベルリットさんが手放しで称賛するほどだ。

ちなみに「村長様」はさすがに恥ずかしいので、「村長」と呼んでもらうことにした。

また僕の方も、敬語を使われるのは恐れ多い、みたいに言われたこともあって、なるべく使わないようにしている。でも慣れないんだよね……前世の影響かもしれないけど、年上にはどうしても敬語を使いたくなっちゃうのだ。

「それに見たところ、本来ならこの時期に植えるものではない野菜までもが、ちゃんと育っているようです」

まだ収穫前の畑では、普通は秋に蒔くような野菜がしっかり成長しているらしい。

ちなみに今は春。……うん、農業なんてよく分からないから、適当に蒔いたんだよね。無駄にならなくてよかった。

「村長、せっかくですので、とれたての野菜、食べてみますか？」

「えっ？　いいの？」

「はい。もちろん生で食べられる野菜です」

大きく育ってくれたのはありがたいけれど、果たして味の方はどうなんだろう……？

ベルリットさんに渡された野菜――カブに、僕は恐る恐る齧《かじ》りついた。

「～～～～～～っ!?」

「っ？　村長っ？」

「お、お、お、美味しいいいいいいいいいいいいいっ!?」

突然の叫び声に、周囲から一斉に注目が集まってくる。

「あ、ごめん。あまりにも美味しくて、つい大声で叫んじゃった……」

「いえ、それより味の方もよかったみたいですね」

「ベルリットさんも食べてみてよ」

「で、では、お言葉に甘えて」

そう言って、ベルリットさんがカブに齧りついた。

次の瞬間、目を大きく見開いて、

「うめえええええええええええええっ!?　こ、これは……っ!?　確かにとれたてのカブは美味しいものですが……これほどのものは初めてです……っ！　むしゃむしゃ」

ベルリットさんは興奮しているのか、喋りながらカブを食べ続けている。

うん、できれば喋るか食べるかどっちかにしてほしい。ちょっと口からこっちにカブの残骸が飛んできてるから……。

その後、せっかくなので、収穫を祝って盛大な宴会を行うことにした。

とれたばかりの野菜、それにセレンを筆頭に結成された狩猟隊が捕まえてきた野生の猪や鹿の肉も使って、女性たちが料理を作ってくれた。

ちなみに60ポイントを使って、新しく屋外調理場を作った。

大人数で調理ができるし、肉の解体にも使えるため、かなり効率がよくなった。

〈屋外調理場：屋外に設けられた屋根付き調理場。作業効率および料理の味アップ〉

……ここで作ると料理の味がよくなるらしい。本当かな？

「えー、それでは、無事に収穫できたことと、それからこの村に新しい仲間が加わってくれたことに感謝して……乾杯！」

「「「乾杯！」」」

僕が音頭を取って、皆が一斉に乾杯する。

村にはまだお酒がないので井戸水だけれど。

「「「な、なんじゃこりゃあああああああっ!?」」」

「「「う、うめえええええええええええっ!?」」」

そしてあちこちからそんな奇声が上がった。

「おいおいおい、こんな美味いもん、初めて食ったぞ!?」

「これ本当にうちのカミさんたちが作ったものなのか……っ！」

「……食材だ。特にこのとれたばかりの野菜が美味いんだ」

「いや、それだけじゃなくてさ、アンタ。なんだか知らないけど、今日はいつもより随分と調理が上手くいってねぇ。火の通り具合も味付けもばっちりだったのさ」

わあああああ
ドン

みんな料理の美味しさに驚いている。……どうやら料理の味が良くなるというのは本当だったみたいだ。

と、そのとき。

「そ、村長！」

こんなときにも物見櫓の上で村の周囲を見張ってくれていた青年が、慌てた様子で櫓から降りてきた。

「どうしたんですか？」

「集団が村に近づいてきています！」

村にやってきたのは、またしても難民と思われる一団だった。

今度は四十人くらい。誰もが疲弊し切った様子で、それでも村の中に入れてあげると、こんなところに村があるなんて……と、驚いた顔をしていた。

そして宴会のために用意されていた料理に、ごくりと喉を鳴らしている。

「初めまして。僕が村長をしているルークです」

「君のような子供が村長……？　あ、いや、俺はドンガという」

三十代と思われる男性がそう名乗ると、なぜかベルリットさんが声を上げた。

「ドンガ？　おおっ、久しぶりじゃないか！」

「っ！　お前は、もしかしてベルリット……っ!?」

ドンガさんが目を丸くする。

「あれ？　もしかして知り合い？」

「そうです、村長。ドンガは昔、頻繁に我々の村に遊びに来ていたことがあるのです。元々、ドンガの村とは交流があったのですが、どうやらドンガはうちの妹に惚れてしまったようでして……結局、フラれてその恋は実りませんでしたが」

「そ、そんな昔のことを言わなくていいだろうっ!?　今はこれでも妻と子供がいるんだよ！」

どうやら二人は気安い間柄のようだ。

ちなみにその妹さんは、別の村の男性に嫁いでしまったらしい。

「しかし、そうか……ベルリット、お前の村も……」

「ああ、そうだ。俺たちも村を捨てて逃げてきたんだ。そしてほんの数日前だ。苦労の末にこの村に辿り着いたのは」

「それにしても、こんな荒野に村があったとは……」

ベルリットさんの知り合いというなら、話は早い。

きっと何日もロクに食べていないだろう彼らに、僕は言った。

「詳しい話は後にして、よかったら一緒にどうですか？　ちょうど収穫を祝う宴会をやっていたところなんです」

第四章　祝福

「おにいちゃん……おなか、すいたね……」

「うん……」

八歳になったばかりの妹の手を引いて、少年は荒野を歩いていた。妹の前では気丈に振舞っていたかったが、彼もすでに空腹と疲労で限界が近かった。

少年は名をノエルと言った。

先日のことだ。幼くして両親を亡くし、妹と二人で暮らしていた村に、役人たちがやってきた。どうやら戦争のため、若い男たちを連れていくという。

徴兵は十五歳からだという。けれど少年はすでに身長が180センチを超えていたため、年齢を偽っていると言われ、徴兵の対象にされてしまった。

たった一人の妹を残していくわけにはいかない。そこで少年は妹と一緒に村から逃げ出したのだった。

行く当てもない彼らだったが、幸いにも途中で難民の集団に出会っていた。聞けば村を捨て、新天地を求めているという。

「似たような境遇同士だ。一緒に行こうぜ。……それにしても、その歳で随分とでかい図体してるな」

気さくに声をかけてくれる大人もいた。少年よりも小柄ではあるが、頼りがいのある彼はゴアテと名乗った。

「あっちは危険だ。盗賊が待ち構えている可能性があるからな」

元々少年が進もうとしていた道は、どうやらかなり危険らしかった。

お陰で大きく迂回することになったが、もし彼らと出会っていなかったら今頃は盗賊に捕まり、奴隷として売り払われていたかもしれない。

そうして辿り着いたのがこの荒野だ。

盗賊に遭遇するよりはマシとはいえ、食料や水を調達することすら難しい荒れ地である。しかも魔境が近く、魔物が現れる可能性もあるという。

(神さま……)

どうかこの苦難の先に、妹とともに幸せに暮らせる未来がありますように……。

少年は祈るような思いで、黙々と歩き続けた。

「な、何だ、あれは……?」

「土塀……? まさか、あんなところに集落が……?」

やがて祈りが通じたのか、荒野のど真ん中を行く彼らの目の前に現れたのは――

◇◇◇

「村長殿。いや、不満などあるわけがない。美味しい食べ物に立派な寝床。それに戦争に怯《おび》える心配もない。ここは天国だ。うちの連中もみんな本当に感謝している」

「ドンガさん、どうですか？　何か不満とかありませんか？」

ドンガさんたちがこの村に来て、数日が経った。

どうやらこの村での生活を喜んでくれているようで、村長として嬉しい限りだ。

そう。ベルリットさんたちに続いて、彼らもこの村の新たな住民になったのである。

これで四十四人が加わって、村人の数は九十七人になった。もう少しで百人だ。

もちろん長屋を増やすなど、環境を整える必要があった。

幸い畑で収穫できる野菜が予想よりも大ぶりだったこともあり、食料にはまだ余裕がある。

念のため新たに四面ほど畑を増やしはしたけれど。

ドンガさんたちの一団も、その多くが女性と子供だった。男女比があまり変わらない子供を含めたとしても、女性の人数はざっと男性の倍だ。

彼らにも村人鑑定を使い、僕はそれぞれに仕事を割り振っていった。

と言っても、まだ仕事の種類そのものが少ないので、必ずしも推奨労働に相応しい仕事を任せられるわけではない。

また、潜在的なギフト持ちも四人いた。祝福を受けさせることができないので、歯痒いことに宝の持ち腐れだけれど。

そうしてドンガさんたちもまた、村での生活に慣れてきた頃だった。

「村長！　また難民と思われる一団が……っ！」

新たな難民が村にやってきた。しかも今度は七十人を超す大所帯だ。

「どうするのよ？　さすがにあの全員を受け入れるのはキャパオーバーじゃない？」

「あ、そんなことはないよ」

セレンの意見に、僕は首を振った。

一見すると、すでに畑や長屋が村の面積いっぱいを占めてしまっていて、新しい居住スペースを増やす余裕はないように思える。

でも実際には、まだ村面積は余っていて、単に土塀を動かして広げればいいだけだ。

そして毎日の加算ポイントが増えたため、どうにかポイントは余っている。

食料の方も、セレンたちが狩りを頑張ってくれているので、どうにかなるだろう。

僕は新たな難民を受け入れることにした。

〈レオンを代表とする76人が村人になりました〉

〈パンパカパーン！　おめでとうございます！　村人の数が100人を超えましたので、村レベルが4になりました〉

〈レベルアップボーナスとして、1000村ポイントを獲得しました〉

〈作成できる施設が追加されました〉

〈村面積が増加しました〉

〈スキル「施設グレードアップ」を習得しました〉


わっ、レベルが上がった!?

急に来るからびっくりするんだよね……。

僕は村のマップを確認してみる。どこにどの施設を配置しているのかや、各施設の現在の性能などを確認することができる機能で、なかなか便利だった。

レベル3のときと比べ、半径が二倍になっていた。

今までの傾向だと、どうやらレベルが上がることで毎回、半径が二倍、つまり面積としては四倍に増えていくみたいだ。

……あれ？　それだと、いずれとんでもない広さになるような……。

ま、まぁ、いいや。

それより新しく作れるようになった施設を確認しておこう。

衛所（80）　工房（80）　公衆便所（80）　更生施設（100）　教会（150）

〈教会：神様を信仰する場所。ここで真摯に祈れば祝福を授かれるかも!?〉

祝福を授かれる、かも……？

どういう意味だろう？　祝福は神官がいなければ授かることはできないはずだけど……。

……とりあえず今は後回しだ。まず新しい住民たちの居住環境を整えないとね。

〈施設グレードアップ：施設の性能などをアップさせることが可能〉

新しく覚えたスキルはなかなか便利そうだった。

例えば土蔵をグレードアップする場合、次のような複数の項目を選択できるらしい。

「収納量を増加させる」「保存性能を強化する」「防犯性能を強化する」

ちなみにすべて20ポイントが必要だ。

一方、畑のグレードアップだと、

「作物の生育速度を向上させる」「作物の品質を向上させる」「作業効率を向上させる」

といった具合だ。

同じ畑の面積であっても、もし収穫までの期間が短くなったり、収穫量が上がったりすれば、村面積の節約になるだろう。正直とてもありがたかった。

さらにより上位の施設にグレードアップすることも可能らしかった。例えば土塀は石垣に、家屋・小は家屋・中へと作り替えることができるようだ。

まず僕は村を囲っていた土塀を移動させて、より広く土地を利用できるようにする。足りない部分には、新たな土塀を作成して補った。

さらに長屋、それから井戸を増やす。これで新しい村人たちの住居環境はばっちりだ。

……まだポイントが余っているみたいだ。

「教会、作ってみようかな？」

〈村ポイントを150消費し、教会を作成しますか？　▼はい　いいえ〉

思い切って「はい」を選択した。

できあがったのは、こぢんまりした小さな教会だった。この村にはぴったりの大きさかもしれない。

「ルーク様、これはもしや……」

「教会だよ、ミリア」

「……何でしょう。何となくですが、この教会で祈りを捧げるべきだという気がしてきました」

何かに導かれるように、ミリアが教会へと入っていく。僕も彼女の後に続いた。

中は礼拝堂があるだけだった。奥に祭壇のようなものが置かれていて、ミリアがその前に跪《ひざまず》いて祈りを捧げている。

神聖な空気の中、しばらくその様子を見守っていたけれど、邪魔しちゃ悪いと思って、僕は静かにその場を後にしたのだった。


それからミリアは教会に籠り切りになった。

朝起きて僕の世話を焼いた後はすぐに教会に行き、昼食も食べずに夜までずっと祈り続けているらしい。

そんな彼女の敬虔《けいけん》さが実ったのか、数日後のこと。

「ルーク様、授かることができました。ギフト『神託』を」

「え、ほんとに!?」

ミリア
年齢：21歳
愛村心：超
推奨労働：神官
ギフト：神託

確かにカッコが無くなってる！

「すごいよ！　神官がいないのにギフトを授かっちゃうなんてっ！」

「もちろん教会の効果もあったかと思います。ただ、わたくしの場合は数日で済みましたが、普通は何年もかかってしまう可能性が高いです」

「潜在的に神官の才能があったからかな……？」

「それもありますが……（一番は何といってもルーク様への愛の力でしょう！）」

「え？」

「何でもありませんよ、ふふふ」

何年も必要なら、自力では難しいと考えていい。せっかくミリアが『神託』を授かったのだから、彼女が祝福の儀を執り行う方が手っ取り早いだろう。

新しく加わった七十人強はまだ村人鑑定していないから分からないけれど、分かっているだけで潜在的なギフト持ちは、現在この村に九人いる。

そのうち二人は成人前なので、残り七人を教会へと連れてきた。

ちなみに成人前にギフトを授けてはいけないとされているのは、子供には身体への負担が大きいかららしい。

「村長？　これは一体……？」

バルラットさんをはじめ、不思議そうにしている彼らへ、僕は事情を説明する。

「な、何と、この私がギフトを……っ？」

「ギフトというのは、一部の高貴な方しか授かることができないのでは……？　私など、代々ただの農民で……」

僕は彼らのその間違った知識を否定する。

「そうじゃないんだ。確かに、家系的にギフトを授かりやすい人たちもいる。でも、身分に関係なく、ギフトを授かれる人は授かれるんだ」

「「「……」」」

一応説明はしてみたけれど、みんな半信半疑といった様子だ。

まぁ言葉で信じさせるより、実際にやってみた方が早いだろう。

まずはバルラットさんからだ。窓から荘厳な光が差し込む中、しばらく祈りを捧げていたミリアは、やがてゆっくりと顔を上げて口を開いた。

「バルラット。あなたには『剣技』のギフトが与えられました」

「な……何だ、この感覚は……？　まるで、何かが身体の中に入ってきたような……」

バルラット

年齢：32歳

愛村心：高

推奨労働：戦士

ギフト：剣技

村人鑑定で確認してみると、彼もちゃんとカッコが取れている。

「バルラットさん、この剣を使って」

「村長……いいのですか？」

「うん。その方がきっと有効に活用できると思うので」

この村は、まだ剣を作れるような環境にない。

セレンの持つ二本の剣以外にあるのは、僕が持ってきたものだけだ。

「これは……今までロクに剣など握ったことがないというのに、やけに手に馴染むような……」

剣を受け取ると、バルラットさんは不思議そうな顔をして言う。

「ありがとうございます、村長。もう好い歳ではありますが、今からでもこの村を護れるくらいに強くなってみせましょう」

バルラットさんはそう力強く誓った。

他に、前回紹介した『調合理解』『迷宮探索』『文才』に加えて、『達人農家』『緑魔法』『槍技』といったギフトをそれぞれ授かっていった。

『達人農家』は初めて聞いたギフトだ。

言葉の通りに考えたら、農業におけるギフトだと思うけど……。すでに畑仕事を割り振っていた二十歳の青年なので、引き続き畑で頑張ってもらうとしよう。

『緑魔法』は風や天候に関する魔法の才能だ。高位の使い手になると、自在に雨を降らすこともできるようになるという。……農業にも役立つかも？

『槍技』は『剣技』の槍バージョン。授かったのはまだ十五歳の少年なので、これから村の衛兵として、あるいは狩りなどでの活躍が大いに期待される。


村人が173人になって、随分と村に活気が満ちてきた。

僕とミリアの二人だけだった頃が懐かしい。

男女の人口比は大よそ一対二。加えて若者の割合も高いので、なんというか、村全体が華やかで若々しい。若い女性が多いせいだ。

「ルーク村長、おはようございます。ふふ、今日もかわいらしいですね」

「あら、村長。いつもお肌がぷるぷるですね。本当に羨ましいです」

「ルーク村長は間違いなく世界一かわいい村長だと思いますよ」

……特に若いお姉さん方から、僕はそんな風に揶揄《からか》われていた。

僕に村長としての威厳なんてないのは自分でも分かっているけれど……。

ちなみに二十歳を過ぎた女性はだいたい既婚者だ。

　ただ、旦那が強制徴兵されてしまった人が多い。幼い子供を抱えていたりもして、きっと色んな不安を抱えていることだろう。

　そんな彼女たちが楽しそうに僕を揶揄ってくるのだから、なんだか怒れないんだよね。

　まぁ、それでなくても僕は年上の女性が苦手なので、何も言えないと思うけれど。

　未だにミリアとセレンの二人に挟まれて寝ているし……。

「それにしても綺麗な奥さんが二人、村長は羨ましいなぁ」

「ほんと。あの歳ですでに二人も娶《めと》っているとは、さすがは村長だ」

「可愛い見た目して、意外と下の方は強いんだろうな、はっはっは！」

　ちなみにいつの間にか村人たちから、ミリアとセレンが僕の妻だと認識されていた。

　確かに同じ家に住んでるから、そう思われるのも仕方ないけど……。

　なぜかミリアとセレンはそれを耳にしても否定しないし。

　お陰で僕が「奥さんじゃないです！」って主張しても、「顔真っ赤にしてかわいい」「思春期ねぇ」なんて言われるだけで、全然取り合ってもらえないのだ。

「はぁっ！」

「ふっ！」

　ガンガンガン！　ギンギンギン！　と、村の中心に設けた広場に、二人の男たちの鋭い声と激しい金属音が鳴り響いている。バルラットさんたちが剣の稽古をしているのだ。

祝福で『剣技』のギフトを授かったのは、バルラットさんだけじゃなかった。

新しく加わった七十六人の中にも、『剣技』のギフトを授かった人がいたのだ。

二十六歳のペルンさんで、よくバルラットさんと一緒に稽古をしている。

今まで剣を習ったことなんてなかったはずなのに、二人はどんどん上達し、今では動きがほとんど目で追い切れなくなっていた。

やっぱりギフトの力は大きい。ギフトを持たない人間がどんなに努力をしたところで、その差を覆《くつがえ》すのは不可能と言われている理由が分かった。

……父上の『剣聖技』を受け継ぐことが、あれだけ望まれていたことも。

「はぁ、はぁ、はぁ……」

「ぜぇ、ぜぇ、ぜぇ……」

やがて打ち合いをやめ、荒い呼吸で睨み合うバルラットさんたち。

そしてどちらからともなく、構えを解いて剣を下ろす。

「すげぇや！」

「あれがギフトの力か……とんでもないな……」

稽古を見ていた村人たちから、盛大な拍手と喝采が上がった。

「だいぶ良くなってきたわね。二人には、今後の狩りの主力として頑張ってもらうわ」

と、そんな二人を上から目線で評したのは、セレンである。

「「はい、師匠！」」

『二刀流』のギフト持ちであり、幼い頃から剣の訓練をしてきた彼女が、二人を指導しているのだった。

だけど師匠って……。十五歳のセレンが、ずっと年上の二人からそんな風に呼ばれているのは、なんだか不思議な感じだ。

なお、新しく加わった七十六人にも村人鑑定を使って、なんと新たに八人も潜在的なギフト持ちがいることが判明している。

そのうち子供は二人だったので、六人が新たにギフトを授かっていた。

すでに紹介した『剣技』の他に、筋力が上昇する『巨人の腕力』や、動物並みの嗅覚を得る『獣の嗅覚』、危険などを察知しやすくなる『危険感知』、それから毒が効きにくくなる『毒耐性』。

そして最後の一つが『盾聖技』だ。

これは『盾技』の上位ギフトで、『剣聖技』に匹敵する非常に希少なものだった。

盾なので攻撃はできないみたいだけど、高い防御力を持ち、しかも味方が受けたダメージを肩代わりするなどの能力もあるという。

このギフトを授かったのは、まだ十三歳の少年、ノエルくんだ。

僕とは年齢が一つしか変わらない。なのに、すでに大柄なバルラットさんと変わらないほどの体格で、まさしくギフトに相応しい人物と言えるかもしれない。

あまり喋るのが得意ではないけれど、朴訥《ぼくとつ》で心優しい少年だった。

どうやら僕に恩義を感じているみたいで、

「村長……おれ、このギフトで、村長を、護る……」

と言ってくれた。

「うん、ありがとう、ノエルくん」

今はまだ木で作った盾しかない。彼のためにも、いずれちゃんとした盾を用意してあげたいところだ。

「それにしても最近、狩猟隊の成長が著しいわ。みんなすごくやる気だからか、どんどん強くなっていってる。そろそろオークあたりを狩るのもよさそうね」

北に広がる魔境の森には、豚の魔物オークも棲息しているらしい。

オーク肉はかなり美味しいらしくて、しかも希少なので高値で売買されている。

ちなみにセレン率いる狩猟隊は、現在十名ほどで構成されていた。

その大半がギフト持ちで、『剣技』のバルラットさんにペルンさん、『槍技』の少年ランドくん、それから『盾聖技』のノエルくんにも参加してもらっている。

こうした戦闘要員の他に、『巨人の腕力』『獣の嗅覚』『危険感知』といった、荷運びや探索に適したギフト持ちもいた。

最近は一度の狩りで結構な量の獲物が手に入るので、運搬するのに『巨人の腕力』のギフトがかなり役に立っているという。

「村長！　どうやらまた難民のようです！」

と、そこへ新たな難民がやってきたとの報告を受ける。

出迎えてみると、今回は十人ちょっとの小さな集団だった。

ただ、今までと違ってとても怯えている。

「僕はこの村の村長をしているルークです。ここにいる人の大半が、皆さんのような難民ですので安心してください」

「「「……」」」

……あれ？　最初はこんなところにある村を怖れているのかとも思ったけれど、どうやらそうではなさそうだ。

「何かあったのですか？」

「じ、実は……」

よほど怖い目に遭ったのか、彼らは恐る恐る語ってくれた。

どうやら彼らは元々、百人近い集団だったそうだ。だけど不運にも盗賊団に襲われてしまったのだという。

「抵抗した何人かは殺され、大半はどこかに連れて行かれました……。我々は運よく逃げ出すことができ……どうにかここまで辿り着いたのです……」

「そんなことが……」

ただでさえ、村を捨てざるを得ない悲劇を味わったというのに、そこに追い打ちをかけるような盗賊の襲来だ。

彼らがここまで憔悴《しょうすい》しているのも無理ないことだろう。

「難民を狙う盗賊は珍しくありません。奴隷にして売り払うのが目的でしょう」

ミリアが言うように、むしろ今までこの村に何事もなく辿り着けた人たちが、運がよかったのかもしれない。

下手したら彼らもその盗賊団に遭遇していたかもしれないのだ。

それが分かっているからか、誰もが神妙な顔で話を聞いている。

「酷い……」

「酷い話ね。ただ、私たちも他人ごとじゃないかもしれないわ」

「そうだね……この村はほとんどが難民だし……」

「そういう意味じゃなくて」

「え？」

僕がセレンの言葉の意味を理解できずにいると、難民たちが頭を下げてきた。

「ほ、本当に申し訳ありません……っ！　その盗賊団が、もしかしたら我々を追ってここまでやってくるかもしれないのです……っ！」

「ええっ？」

第五章　盗賊団襲撃

「はぁ、ったく、ついてねーぜ」

荒野をとぼとぼと歩きながら、俺は思わず溜息を吐いた。

難民を拉致《らち》し、奴隷商へと売り払う。それが今、俺たち盗賊団が金稼ぎのためにやっている仕事だ。そしてちょうど大きな戦があって、戦場の近くの村から逃げ出した奴らが、あちこちうろついている状況だった。

まさに稼ぎ時で、俺たちは休む間もなくそうした連中を捕まえているのである。

だがせっかく捕らえ、これから奴隷商へと売り払っちまおうってときに、俺のミスで何人かに逃げられちまった。

まぁ、どうせまだ沢山いるし、それくらい大丈夫だろうと俺は思ってたんだが、不運なことにそれを親分に知られちまって、こっぴどく叱られちまった。

しかも、連れて帰るまで戻ってくるんじゃねぇとまで言われちまってよ。仕方なく逃げた連中を追って、こんな荒野までやってきたってわけ。

にしても、一人でどうやって十人も連れ帰るってんだ？

まぁ、価値の低い野郎やブスは殺しちまえばいいか。上玉だけ連れて帰りゃ十分だろう。

そんなことを考えていた俺だったが、不思議なものを発見した。

なんと不毛の荒野に、村らしきものがあったんだ。

どうやら俺が追ってた奴らは、あの村の中に逃げ込んじまったらしい。

最初はなんて踏んだり蹴ったりだと悪態を吐いた俺だが、忍び込んで村の様子を知り、逆に自分の幸運に驚くこととなった。

せいぜい百五十人くらいの小さな村なのだが、その大半が女子供だったのだ。若い男はほとんどいない。

俺は早速そのことを親分に報告することにした。

実はうちの団には『念話』っつー便利なギフト持ちがいて、頭ん中で話しかければ、こっちの考えが伝わるんだ。

『へい、サテンの兄貴。今、いいっすか？』

『何だ、バールか。てめぇ、ちゃんと見つけたんだろうな？』

『もちろんっす。けど、それだけじゃねぇっすよ。なんと、荒野で村を見つけちまったんす』

『ああ？　てめぇ、なにおかしなこと言ってんだよ？　あんな荒野に村なんかあるわけねぇだろうが、馬鹿』

『そ、それが、マジなんすよ！　しかも調べてみたら中にいるのは大半が女っす。たぶん、難民が作った村だと思うんすけど、あれなら簡単に制圧できるっす』

『……その話、本当だろうな？』

『ほんとにほんっとっす！』

『よし、分かった。親分に話してみる。本当なら大手柄だぜ』

『ありがとうっす！』

念話を終えて、俺は思わず拳を握りしめる。

くくく、これで今回の失態はちゃら。

いや、それどころじゃねぇな。下手すりゃ昇進って話も……。

と、そのときだった。

「ん？　な、何だ、これは……ちょっ、身体が……」


気づいたときには俺は牢屋の中にいた。

……何があった？　俺は確か、逃がしちまった難民連中を追って……。

「あっ」

そこで記憶が蘇ってくる。

そうだ、俺は荒野で村を発見し、そして村の中に侵入して、そこが女と子供ばかりのまさに格好の獲物であることを兄貴に報告したんだった。

だがその直後、身体が凍り付いて、動けなくなって……。

『おい、バール！　聞こえてねぇのか！　バール！』

『っ？　あ、兄貴……』

『ちっ、聞こえてんならとっとと返事しやがれ』

『す、すいやせんっ』

サテン兄貴からの念話に気づいて、俺は慌てて謝罪する。

『今、てめぇが言うその村に向かってる』

『ほ、ほんとっすか？』

『ああ。それより、本当に間違いねぇんだろうな？』

『もちろんっす！』

咄嗟にそう返すが、俺はめちゃくちゃ焦っていた。

女子供ばかりの村だというのに、俺はこんなに簡単に捕まって牢屋らしきところに入れられているのだ。もしかしたら普通の村じゃないかもしれない。

今の俺の状況を伝えるか？

いや、そんなことをしたら最後、今度こそ親分が激怒して、俺は団から追い出されちまう。

下手したらこのまま助けにすら来てもらえないかもしれない。

俺は嘘を貫くことにした。

『マジで女子供ばかりのちょろい村っす！　高く売れそうな上玉もいるっすよ！』

一応、完全な嘘ではない。

気を失う前に見た青い髪の女なんかは、恐らく相当な値段で売れるだろう。

そんなことを考えていたら、鉄格子の向こう側に、まさにその女が現れた。

「起きたみたいね」

◇◇◇

その日の夕刻、僕はある異変を感じ取った。

何か体内に異物が入ってきたような違和感。

「これは……？」

僕は村のマップを表示させてみた。するとマップ内のある場所に、今まで見たことのない赤い点があった。カーソルを合わせてみると〈侵入者〉という文字が現れる。

どうやらこのマップ、敵対的な存在が村に入ってくると、その位置が赤い点で表示されるらしい。

「もしかして昼に話していた盗賊団かな？　でも、一人だけ？」

「こんなところに村があるんだから、向こうも警戒しているんでしょ」

つまり偵察だろうか？

「どこにいるか分かるの？」

「うん。ちょうど畑の方」

僕はセレンと一緒に畑へと向かった。

すでに太陽が沈みかけているので、あまり視界がよくない上に、畑には背の高い作物も多くて、そこに身を隠されるとなかなか見つけにくい。

それでもマップを確認すれば丸分かりだ。

「ちょうどあの辺りかな」

「了解。少し作物をダメにしちゃうかもだけど、許してね」

そう言って、セレンは魔法を発動した。

「フリージング！」

「～～っ!?」

侵入者がいると思われる一帯が一瞬にして凍り付いてしまう。

「な、何だ、これは……か、身体が……」

「侵入者はこいつね」

「っ！」

そこにいたのは、身体が凍り付いて身動きが取れなくなった男だった。


そうしてセレンと一緒に捕まえた侵入者の男は、牢屋を作成してその中に入れておいた。

牢屋はレベル3で作れるようになった施設だ。

〈牢屋：脱出困難な堅固な牢屋。己の罪を悔い改めよ！〉

罪を悔い改めよ、って……。施設の説明文、たまに変な文言があったりするよね。

「起きたみたいね」

男は魔法で全身が凍り、気を失ってしまっていたけれど、どうやら目を覚ましたようだ。

年齢は二十代後半くらいかな？　細身で俊敏そうな男で、いかにも盗賊といった格好をしている。

ちなみに隠し持っていたナイフなんかはしっかり回収させてもらった。

そして念のため、壁と繋がっている手枷や足枷を装着してある。

「あなた何者？」

「……」

「どうせ盗賊でしょ？」

「……」

セレンの問いに、男はだんまりを決め込んでいる。

「何で一人だけなの？　仲間はどこにいるの？　どれぐらいの規模？」

「……」

どうやら何も答える気はないようだ。

もしかしたら近いうちに仲間の盗賊たちが村に来るかもしれない。できる限り情報を引き出し、備えておきたいんだけれど。

「いっひっひっ、ここはあたしに任せてもらおうかねぇ」

「あ、おばあちゃん」

不思議な笑い方とともに現れたのは、今この村で最年長の女性。推奨労働が拷問官だったおばあちゃんである。身長は僕と変わらないくらいで、とても小柄だ。

おばあちゃんは拘束された男に近づいていくと、急に声を太くして訊ねた。

「おい、あんた。今からあたしの質問に答えな」

「……」

「聞いてんのかい？」

「……」

「聞いてんのかって訊いてんだよっ、このクソガキがっ！」

突然、大声で叫んだかと思うと、おばあちゃんは男の股間を蹴り上げた。

「～～～～～っ!?」

ゴゴゴゴ

悶絶する男を見下ろして、おばあちゃんは嗜虐《しぎゃく》的に笑う。

「いっひっひ、痛いだろう？　だがこの程度じゃすまないよ？　なにせこれからそのタマ、あたしが優しく握り潰してあげるからねぇ」

「ひっ……」

おばあちゃん……怖い……。

しかもめちゃくちゃイキイキしているんだけど。

「そ、それだけはっ……それだけは勘弁してくれぇ……っ！」

「だったらとっとと吐くんだねぇ！　あたしは気が短いんだよぉっ！」

男の股間を鷲摑みにして怒鳴るおばあちゃん。

「わ、分かった！　話すから！　話すからあああああっ！」

そうして顔を真っ青にしながら、男は洗いざらい教えてくれた。

やはりこの男は盗賊団の一員で、一度は捕まえるも逃がしてしまった難民たちを追いかけてきたという。

一人だけなのは、逃がしてしまったのがこの男のミスで、その責任を取る形で命じられたからだそうだ。

このままここに拘束しておけば、村のことは盗賊団に伝わらないのではと思ったけれど、どうやらそうはいかないらしい。

というのも、すでに村の情報は報告済みで、一団がこちらに向かってきているところなのだという。

「ふん、『念話』のギフトかい。盗賊団のくせに大層なギフトを持っているねぇ」

おばあちゃんが鼻を鳴らして吐き捨てる。

こちらに向かっているのがどれくらいの人数か分からないけれど、盗賊団全体では六十人を軽く超すという。

しかも暴力や略奪に長けた一団。

これから僕たちはそれを迎え撃たなければならないようだった。

◇　◇　◇

俺はサテン。

元は名家の生まれだったが、今は訳あって盗賊団の一員だ。

十二の時に与えられたギフト『念話』。

これは言葉を交わさずとも、相手と意思の疎通ができるという便利な能力だ。

だがこのギフトの副次的な能力として、俺は近くにいる他人が考えていることが頭に聞こえるようになってしまった。

それで疎《うと》まれ、色々あって家を追い出されたのがもう二十年も前のことだ。

それから十年ほど各地を転々とし、十年ぐらい前にドリアルの親分が率いるこの盗賊団に入った。

今では親分の右腕となり、団員たちから兄貴と呼ばれて慕われている。

俺はこの団のことを気に入っていた。

親分は怒らせると怖いが、俺のこのギフトの価値を理解し、用いてくれている。

何より親分は戦闘系のギフト持ちで、強い。

こんな仕事をしていると、よく領兵なんかとやり合うことがあるのだが、そのすべてを返り討ちにしてこれたのは親分のお陰だ。

そんな俺は今、荒野へとやってきていた。ここへ逃げ込んだ難民たちを追っていた団員から、念話を通じて村があるとの情報を得たからだ。

「兄貴、間違いないようです。確かにこの先に、村らしきものがありました」

「そうか。こんな荒野に村があるなど半信半疑だったが、バールの話は間違いではなかったようだな」

様子を見に行って戻ってきた団員からの報告に、俺はひとまず胸を撫でおろす。

どうやら無駄足にならずに済んだようだ。

『おい、バール。てめぇの言っていた通り、村を発見したぞ』

『へ、へい！　村の連中は完全に寝静まってるっす！　やるなら今っすよ！　あ、村の門はこっそり開けておいたっす！　簡単に入って来れるっすよ！』

『ふん、てめぇにしては気が利くじゃねぇか』

村の中にいるらしいバールと念話でやり取りして状況を確認すると、俺は親分にそれを伝えた。

「はっ、この程度の村、わざわざ夜襲するまでもなさそうだがな。まぁ、朝まで待つのも面倒だ。とっとと終わらせちまうか」

そう言って鼻を鳴らした親分が、愛用の戦斧《せんぷ》を手に村の方へと歩いていく。

身長は二メートルを超え、人間離れした体格の親分だ。扱う戦斧も巨大で、普通の人間では持ち上げることすら困難なそれを、親分は片手で振り回してしまう。

俺たちは親分に続いた。

一部は捕まえた難民どもの監視のために残してきたので、全部で四十人ほど。それでもこの程度の村を落とすには十分な戦力だろう。

やがて村の入り口らしき門が見えてくる。

そこまで念のため明かりを灯さず、月と星の明かりを頼りにここまで接近してきた俺たちだったが、ここで一斉に松明《たいまつ》に火を灯した。

「野郎ども！　オレに付いてこい！　オラアアアアアッ!!」

先陣を切ったのは親分だ。

戦斧を振り回しながら、門へと突っ込んでいくと、木造とはいえ、なんとたったの一撃でそれを吹き飛ばしてしまった。

「「「おおおおおおおおおおっ！」」」

親分に続いて、一斉に村の中へと雪崩《なだ》れ込んでいく。

しかしそのとき、奇妙なことが起こった。突然、足元から地面の感触が消えたのである。

「「「……え？」」」

一瞬の浮遊感。直後に身体が落下をはじめ、俺たちはパニックになる。

まさか、落とし穴が仕掛けられていたのか⁉

だが幸いと言うべきか、俺たちが落ちたのは水の中だった。

「ぶはっ⁉　くそっ……土塀の中に、水堀が掘られていたのか……っ⁉」

いきなりのことでかなり水を飲んでしまったが、俺はどうにか水面から顔を出し、叫ぶ。

それにしてもこの堀、意外と深い。平均的な身長の俺でも足が届かないほどだ。

堀の向こう岸で、次々と炎が灯っていく。

いつの間にかそこには幾つもの人影があった。

村の連中、俺たちの接近を知った上で謀《はか》りやがったってのか……？

「舐めんじゃねぇぞ！　こんな堀くらい泳ぎ切って――っ⁉」

急激に水の温度が下がっていくのを感じて、俺は戦慄する。

「み、水が、凍って……」

堀に張られた水が見る見るうちに凍り付いていくのである。このままでは完全に身動きが取れなくなってしまうだろう。

『おい、バール！　てめぇ、これはどういうことだ!?　おい！　聞こえてんだろう！』

ちっ、バールの奴と念話が通じねぇ。

こんな目に遭っているのも全部あいつのせいだ。絶対に許さねぇぞ。

つか、あの馬鹿、もしかしてとっくに村の連中に捕まっていて、奴らの命令で俺に嘘の情報を流しやがったんじゃねぇだろうな？

だとしたら、俺たちはまんまと嵌められたってことになる。

焦りながらも懸命に泳ぐが、水面が凍ってほとんど前に進まない。

他の団員たちも苦戦している。

「はっ、こんなものでオレを止められるとでも思ったか……っ！」

誰もが冷たい水中で藻掻《もが》く中、信じられないことに親分だけは凍っていく水など物ともせず、ずんずん進んでいく。さすがの馬鹿力だ。

ついには向こう岸へ辿り着いてしまった。

「テメェだな、小娘！　魔法で水を凍らせてんのはよぉっ！」

親分が睨みつけたのは、堀のすぐ近くにいた青い髪の少女だ。

どうやらあの女が魔法を使い、堀の水を冷却させていたらしい。

「オラァッ！」

親分が戦斧を手にその少女へ躍りかかった。

だが次の瞬間、信じられない光景を目撃することとなる。

なんと青い髪の少女は親分の強烈な一撃を躱《かわ》したばかりか、手にした二本の剣で親分を斬りつけながら脇を駆け抜けたのだ。

親分は『斧技』のギフト持ちだ。まさかその斧を回避し、あまつさえ傷を与えるとは……。

そんなことができるとしたら、同じギフト持ちしかあり得ない。

「がっ……テメェ、魔法だけじゃなく、剣まで使いやがるのか……っ!?　まさか、ダブルギフトか!?」

ダブルギフト。それは二つのギフトを同時に授かった稀有な存在。

こんな村にダブルギフトがいるだと？　一体どうなってやがるんだ……？

戦慄する俺だったが、そこでハッとする。

親分が青い髪の少女と戦い始めたことで、堀に張られた水の凍結が止まったのだ。

よし、この堀を泳ぎ切るなら今の内だ。

俺はもはや感覚のほとんどを失いかけた身体に鞭打《むちう》って、必死に手足を動かした。

そのかいあってか、どうにか対岸に手が届いた。

他の団員たちも続々と上陸していく。

信じがたいことに青い髪の少女は親分と互角の戦闘を繰り広げているが、しかしこれで相手の戦力を完全に封じ込めたも同然。

後は俺たちで村人を人質に取って――

「ぐがっ!?」

「ぶっ！」

対岸に辿り着いた団員たちが、再び水中へと落ちていく。

剣や槍などの武器を手にした村人どもの仕業だ。

「ちぃっ、舐めんじゃねぇぞ！」

「やっちまえ！」

幾ら身体が冷え切って動きが鈍っていると言っても、こっちは戦い慣れした盗賊団だ。武器を持っていようと、所詮は素人。我々の敵ではない。

と、思っていたのだが。

「ぎゃっ!?」

「ぐべ……っ！」

「な、何だ、こいつら、強すぎ――がはっ!?」

歴戦の仲間たちが次々とやられていく。

どうなっている!?　あの村人ども、どう見たって素人の動きじゃねぇぞ!?

さらに愕然とさせられたのは、青い髪の少女と激しくやり合っていた親分だ。

「ぐっ……この小娘がっ……」

身体のあちこちから血を流している。そのせいか、かなり動きが鈍い。

いや、どうやら親分の動きが遅くなっているのは、負傷のせいだけではないようだ。

「身体がどんどん冷たくなっていきやがる……っ！　テメェの魔法の仕業か……っ！」

「ご名答。私に斬られる度に熱が奪われていくわ。筋肉のせいでなかなか刃が通らないあなただけど、冷気ならしっかり身体の中まで通るでしょ？」

「聞いたことがあるぜ……バズラータの〈氷剣姫〉……そいつはテメェのことだな……？　何でこんな荒野の村にいやがるんだよ……」

「ちょっと事情があってね」

「ちっ、しかしここまで強いたぁな……オレの完敗だ……」

敗北宣言とともに、親分の巨体が背中から思い切り倒れ込む。

あの親分が負けた？　嘘だろう……？

こうなっては、もはや団員たちの戦意を維持できるはずもない。

俺たちは降伏し、大人しく捕まったのだった。

◇◇◇

「よかった。上手くいったみたい」

「はい、さすがはルーク様です」

物見櫓の上から見下ろしながら、この村が始まって以来最大の危機を無事に切り抜けたことに、僕は安堵していた。

最初に捕まえたバールという名の男。盗賊団に『念話』ギフトを使える者がいると知って、逆にそれを利用してしまうことにしたのだ。

「なかなか良いアイデアだったねぇ。あんた、可愛い顔して意外と軍師の才能があるんじゃないのかい?」

「おばあちゃんのお陰だよ。あの盗賊が、ちゃんとこちらの意図通りに仲間を誘導してくれたのは」

「いっひっひ、あたしの手にかかれば簡単なことさ」

「う、うん……」

おばあちゃんに脅されたバールは、かなり素直に命令に従ったようだった。

そして盗賊たち全員が村の中に入ってきたのを見計らってから、僕は彼らの足元に水堀を作成した。

〈水堀:敵の侵入を防ぐための溝。水が張られているタイプ。形状の選択が可能〉

あらかじめ用意しておく形だと、先頭の何人かが落ちたところで異変に気付き、後続が足を止めてしまうかもしれない。だからあえてあのタイミングで作り出したのだ。

その作戦は見事にはまって、盗賊たちは一斉に水堀にドボン。

さらにセレンが青魔法を使って水を急速冷凍させ、彼らをそのまま水堀ごと一緒に凍らせてしまうつもりだった。

だけど、さすがにそう上手くはいかなかった。

バルラットさんより二回り以上も大きな男が、凍っていく水堀を強引に突破してきたんだ。

あらかじめ話を聞いていたから、それがこの盗賊団の親玉だというのはすぐに分かった。

親玉は水を凍らせているのがセレンだと見抜き、真っ直ぐ彼女に襲いかかった。

セレンは魔法を中断し、それを迎え撃つしかなかった。お陰で完全には水が凍り切らず、盗賊たちがこちら側へと泳ぎ着いてしまう。

けれど、この展開も想定内だった。

彼らを返り討ちにしたのは、バルラットさんをはじめとした、戦闘系のギフトを持つ村人たちだ。

冷たい水のせいで身体が冷え切っていたこともあるだろうけれど、バルラットさんたちは盗賊たちを圧倒した。

彼らの活躍で、再び冷たい水の中へと転落していく盗賊たち。

ついにはセレンが親玉を倒したことで、彼らは完全に戦意を失ったようだった。

こうして僕たちは、盗賊団から村を守り抜いたのだった。

「ルーク、盗賊に捕まっていた人たちを連れて帰ったわ」

夜の激闘から一夜明けた早朝に村を出発し、盗賊団に捕まった人たちを探していたセレン一行が戻ってきたようだ。

疲れているところ大変だとは思ったけれど、牢屋の盗賊たちから情報を聞き出し、助けに行ってもらっていたのである。

まだ奴隷商に売られていく前でよかった。

「セレン、お疲れさま。無理させちゃってごめんね」

「これくらい大丈夫よ。残党たちとは最初こそ戦いになったけど、すぐに敵わないと見て逃げていったわ」

捕らえた難民たちを監視するため残っていた盗賊は、二十人ほどだったという。

ただ、親玉のような手練れもいなかったので、大して苦労しなかったようだ。

バルラットさんたちにも一緒に行ってもらっていたしね。

盗賊たちから情報を引き出したのは、もちろん最年長のおばあちゃんだ。

「いっひっひっ、あたしにかかればちょろいもんだね」

……どんな方法を使ったのかは、怖いので訊かないとしよう。

〈タミリアを代表とする94人が村人になりました〉

助けた難民たちはこの村の住民になった。これで総人口は２６７人だ。

ちなみに捕まえた盗賊たちは仲良く牢屋の中だ。人数が多くて入りきらず、新たに三つも牢屋を作成している。

「それにしても、どう処置しようかな……？」

罪に応じて全員をきちんと裁くなんて真似、とてもじゃないけれどできない。

広い範囲で盗賊行為をしていた連中なので、本来なら一帯を治める領主の元へ連行するべきだろう。

ただ、最近はそうした盗賊が随分と野放しになっているくらい世の中が荒れている状態だ。

ちゃんとした裁判が行われずに全員まとめて処刑、なんてこともあれば、逆に裏でよからぬやり取りがあって全員あっさり釈放、なんて可能性もあった。

〈盗賊たちを村人にしますか？　▼はい　いいえ〉

いやいや、さすがに村人にはできないよ。

これまで難民たちを村人にしてきたけれど、それとは訳が違う。

色んな違法行為に手を染めてきた盗賊なんて、村人にしてしまうのは危険だろう。

……と思ったけれど、この村人というのは、あくまでギフト上のもの。他の村人と同じ待遇で扱うことを意味しない。

村人にすれば鑑定ができるし、中には改心する人もいるかもしれない。

あ、そう言えば、更生施設ってあった気が……。

〈更生施設：悪人や罪人を更生させるための施設。改心確率アップ〉

……この施設に悪人を入れておくと、改心しやすくなるらしい。本当かな、と思うけど、今まで
この説明文が間違っていたことが一度もないので、たぶん今回も本当なのだろう。

万が一、更生できなかったなら、追放するなり奴隷にして働かせるなりすればいいか。

村人鑑定で愛村心を見れば、ある程度の更生具合は判断可能だろうし。

ちなみに相手が納得しなくても村人にできるようだ。村の中に一定時間以上滞在していれば、強
制的に村人にすることが可能らしい。

……なんか怖い。

例えば旅人であっても、しばらく村にいると勝手に村人にさせられるってことになる。

ただ、愛村心の低い村人の場合は、村から一定時間離れると自動的に村人ではなくなるようだっ
た。

〈盗賊たちを村人にしますか？　▼はい　いいえ〉

僕は「はい」を選択した。

〈ドリアルを代表とする43人が村人になりました〉

〈パンパカパーン！　おめでとうございます！　村人の数が３００人を超えましたので、村レベルが５になりました〉

〈レベルアップボーナスとして、３０００村ポイントを獲得しました〉

〈作成できる施設が追加されました〉

〈村面積が増加しました〉

〈スキル「施設カスタマイズ」を習得しました〉

ちょうど村レベルが上がったようだ。今のところ10人、30人、１００人、３００人でレベルアップしているので、次はきっと１０００人だろう。

〈施設カスタマイズ：作成済み施設の形状や設備などを、任意にカスタマイズすることが可能〉

「施設カスタマイズ……？」

作成できる施設は、これまで最初からデザインされたものだけだった。

作成前に何種類かの中から形状の選択が可能だったりはしたけれど、いったん作ってしまうとそのまま。できるのは「施設グレードアップ」のスキルで、特定の性能を向上させることだけだった。

それがこのスキルがあると、例えば土塀なら長さや奥行きを少し変化させてみたり、湾曲させてみたり、さらには色を塗り替えたりすることもできるという。

ただ、カスタマイズの内容に応じて、村ポイントが必要になるらしかった。詳しく確認してみると、以下の通り。

必要ポイント多め：新規設備の継ぎ足し・施設全体や特定の設備の拡大（質量が増加）
必要ポイントやや多め：施設の形状変化（質量の変化なし）
必要ポイント少なめ：部分的な削除・色を変える

何にどれだけのポイントが要るのか、細かいことは後で実際に試して確認していこう。

ひとまず僕は更生施設を作成することにした。

一度に全員は大変なので、比較的問題が少なそうな盗賊から五人ずつ、この更生施設に入れていくことに。

「いっひっひっひ、それならあたしに任せておくといいよ。こいつらをちゃんと真人間にしてあげるからねぇ……いっひっひっひっ」

「「～～～～っ！」」

彼らの指導に名乗りを上げたのは、最年長のおばあちゃんだった。

盗賊たちが思い切り顔を引き攣らせているけど……大丈夫かな？

第六章　楽々カスタマイズ

一度、現在この村にある施設について整理しておきたいと思う。
まずは小屋と土蔵が一棟ずつ。
それから僕とミリア、そしてセレンが寝泊まりしている家屋・小が一棟。
村人たちが住む長屋が全部で十六棟。井戸が十六基。
畑が三十面。ただし何度かグレードアップさせ、性能を強化してある。
土塀は確か、全部で十五塀くらい作ったような。
その土塀には、東西南北それぞれに一か所ずつ門を設けてある。
〈木造門：木製の門と扉。閂《かんぬき》で施錠可能。防腐処理済み〉
物見櫓は村の四隅に一基ずつの、計四基だ。
それから盗賊団を入れておくための牢屋が三棟に、更生施設が一棟。
なお、盗賊を嵌めたあの水堀はすでに埋め立ててある。
屋外調理場が一か所。ごみ焼却場が一基。

〈ごみ焼却場：火力十分。ごみを燃やして村を綺麗に〉

そして最後に教会が一堂だ。

いつの間にか、かなり立派な村になってきた気がする。

続いて、レベルアップに伴い、新しく作れるようになった施設を確認しておこう。

道路（5）　水路（10）　物見塔（100）　公衆浴場（150）　家屋・大（200）

「道路が5ポイントで水路が10ポイント？　ここにきて随分と少なくない？」

と思ったけれど、どうやら一度の作成だと数メートル分にしかならないらしい。

つまり幾つも作成し、繋げていかなければならないということか。

〈道路：石畳の道路。疲労軽減、移動速度アップ〉

ただ、実際に作ってみると、思っていた以上にしっかりした道路だった。

説明文にあるとおり石畳なのだけれど、石と石の隙間がほとんどないし、しかも綺麗な平ら道だ。

アルベイル領の領都と主要な街を結んでいる街道ですら、もっと凸凹《でこぼこ》しているだろう。

〈水路：石でできた水路。自動洗浄、ゴミや汚泥の堆積防止機能付き〉

水路も石を綺麗に積んで作られた立派なものだった。これなら治水工事も簡単にできてしまいそうだ。

〈物見塔：もっと遠くまで見渡せる、頑丈な石造りの櫓。視力大幅アップ〉

物見塔は物見櫓の上位版のようだ。

〈公衆浴場：みんなのお風呂。村人たちの疲労回復、健康維持、愛村心アップ〉

「これがあったらみんな喜ぶかも」

長屋にはお風呂が付いていない。あるのは僕の住んでいる家屋・小だけだ。

だから村の人たちはいつも井戸水を使い、身体を洗っている。

でも井戸水は冷たい。今は暖かい季節だからいいけれど、冬になったらきっと身体を洗うのも一苦労だろう。

色々考えた結果、僕はまず、村の防衛能力をさらに高めるため、土塀をすべて石垣にグレードアップすることにした。そして木造門に施設グレードアップを使うことで、「強度を強化」しておく。

今回は作戦が上手くいって盗賊団を倒すことができたけれど、土塀のままじゃやっぱり心許ないからね。門も破壊されちゃったし。

「な、何だ……っ!?」

「土塀が突然、動き出したと思ったら……」

「石に変わっている!?」

村を囲っていた高さ二メートルほどの土塀が、いきなり二メートル五十近い石垣に変わってしまったので、みんな何が起こったのかと慌てふためいている。

「あ、ごめん。僕がやったんだ」

「なるほど、村長でしたか」

「さすが村長。一瞬でこんな芸当をやってのけるとは」

「みんなちょっと納得が早過ぎない!?」

僕の仕業だと知るや否や、あっさりと受け入れる村人たち。

気を取り直して、僕は続いて家屋・小をグレードアップすることにした。

村人たちが長屋に住んでいるのだからと思って、今まで小さいままにしておいたんだけれど、村人たちが口をそろえて「村長の家が小さ過ぎる」なんて言ってくるから……。

ちょうど家屋・大を作れるようになったけれど、とりあえず家屋・中から。

50ポイントでグレードアップできた。

「わっ、二階建てになった！」

中に入ってみると、一階はリビングとキッチンに加えて一部屋、二階には部屋が二つあった。

家屋・小が1Kだったことを思うと、随分と広い。

「……ベッドは一つだけか」

家具も備え付けられていたけれど、生憎とベッドは二階に一つしかなかった。

ただ、ダブルベッドなのか、今までのよりも大きい。

と、そこで僕はハッとする。

「そっか。施設カスタマイズを使えば、ベッドの数だって増やせるのか」

これでいつものサンドイッチ状態から解放されるかもしれない。

習得したばかりの村スキル「施設カスタマイズ」。これを使ってベッドの数を増やそうと、僕は新たなベッドをイメージする。

すると視界に半透明のベッドが出現した。

意識次第でサイズを変更したり、場所を動かしたりすることが可能なようだ。

さらに半透明のベッドの脇には、数字が書かれている。

今は2ポイントで、サイズをどんどん大きくしていくとこれが3ポイントに増えたり、小さくすると1ポイントに減ったりする。

どうやらこれがベッドを作り出すのに必要な村ポイントらしい。

2ポイントがダブルベッドのサイズだし、1ポイントのサイズでも十分だろう。

僕は二階と一階の部屋に一つずつ、新しいベッドを設置した。

「よし、これで今夜からは一人で寝れるぞ！」

ずっとミリアとセレンに挟まれて寝てたからね。最近は少し慣れてきてはいたけれど、やっぱり年頃の男女が同じベッドで寝るなんておかしいと思う。

「できたらトイレとお風呂も増やしておきたいな」

今までトイレとバスルームが一体だったけれど、家屋・中では別々になっていた。

ただ、どちらも一か所しかなく、これではまた事故が起こりかねない。

詳しくは秘密だけれど、何度かあったんだよね……。

「うわ、意外とポイントが必要っぽい」

ベッドはたったの1ポイントだったけれど、トイレは10ポイント、バスルームは5ポイントを要求された。

でも不幸な事故を避けるためにも、このカスタマイズは必須だ。

そうして我が家にトイレとバスルームを増築した僕は、続いて村の余ったスペースに新たな施設を作ることにした。

公衆浴場だ。

「村長、これは一体……？」

「あ、ベルリットさん」

ちょうどいいところにベルリットさんがやってきたので、僕は簡単に説明する。

彼は村人たちのまとめ役なので、この施設の使い方を周知しておいてもらいたかった。

できれば使用の際のルールなんかも作ってほしい。

「こうしゅうよくじょう、ですか……？」

でも、どうやら公衆浴場そのものを知らないらしかった。

そう言えばアルベイル領内でも、公衆浴場があるのは領都ぐらいなんだっけ。

ベルリットさんが聞いたことないのも当然だろう。

「じゃあ、せっかくだし一緒に中を確認してみよう」

百聞は一見に如《し》かず。僕はベルリットさんを連れて建物の中へ。

まずちょっとしたエントランスがあり、その奥に二つのルートが設けられていた。

どちらもカーテンのようなものが掛けられ、それぞれ「男」「女」という文字が書かれている。

ただしこれ、前世の言葉だ。……覚えてもらうしかないね。

「ちゃんと男性用と女性用に分かれてるみたい」

「となると、トイレのようなものでしょうか……？」

「それは公衆便所で、公衆浴場とは違いますよ」

男性用の方へ入ってみる。

「ここは脱衣所かな」

「脱衣所、ですか……？」

何の施設か分からず首を傾げているベルリットさんを促し、奥にあった扉を開けてみた。

するとそこにあったのは巨大な浴槽だ。すでにお湯が張られていて、湯気が視界を白く染めている。

「もしかしてこれは、お風呂では……？」

「みんなで利用できるお風呂……それが公衆浴場なんだ」

「なんと……」

ちゃんと洗い場もあった。あそこでしっかり身体を綺麗にしてからお湯に浸かってもらいたい。

時々いるんだよね、汚いまま湯船に浸かっちゃう人。

「今は暖かいからいいけど、冬場なんかは井戸水だと辛いと思うし」

「ああ、我々などのために、こんな素晴らしいものを作っていただけるとは……ありがとうございます！」

「と言っても、ギフトの力で一瞬だったけどね」

「こ、これを一瞬で……」

公衆浴場を作成したことは、村人たちから大いに喜ばれた。

作成直後から村人たちが殺到し、特に人数の多い女湯は、湯船が人で埋め尽くされる事態になってしまったそうだ。

ちなみに女風呂を覗こうとした青年が、あっさり見つかって御用になった。

婦人たちから袋叩きにされた挙句、盗賊と同じ牢屋送りに。

……恐ろしい。

一人の見せしめのお陰で、今後は二度と同じような真似をする者は現れないだろう。

そもそもこの村、女性が多いこともあって、女性の方が強いのだ。

覗き、ダメ、ゼッタイ。

「村長だったら別に構いませんよ？」

「むしろご一緒してほしいくらいですわ」

「いいですね。みんなで村長のお背中をお流ししましょう」

「よくないから！　絶対、入らないからね!?」

とんでもないことを言って誘ってくるお姉さん方から、僕は慌てて逃げ出す。

まったく、僕のことをマスコットか何かと勘違いしているんじゃないかな？

僕はそのまま村の端っこ、できたばかりの石垣のところまで歩いてくる。

村スキル「施設カスタマイズ」を使って、ちょっと試したいことがあるのだ。

「石垣のこちら側に階段があったら便利だよね」

石垣の上にすぐに登ることができるようにしておけば、有事の際に助かるだろうとの考えだ。

イメージすると、半透明の階段が視界に出現する。

石垣に沿う形で、下から上まで続く階段だ。必要な村ポイントは5だった。

「全部で八か所くらいはあった方がいいよね」

そうして僕は石垣をぐるりと回りながら、等間隔に階段を設置していった。

「後は……そうだ。石垣に穴があったら、こちら側から攻撃できるんじゃないかな？」

試しに石垣に穴をあけてみる。こちらは必要な村ポイントが1で済んだ。

「思ったよりも深いな……」

石垣の奥行きは一メートル以上あって、長槍とかじゃないと届きそうにない。

それに向こう側から攻撃されてしまう心配もあるので、少し上から下へ斜めになる感じで掘った方がいいかもしれないね。

とはいえ、そもそも今この村には武器がほとんどない。

あっても木製が多く、強度に不安があった。

そんな木製の武器でも、木を削って作り出すのはなかなか大変なのである。

ある程度の硬さが必要だけど、硬いと削るのに苦労するからね。

だから木製も含めて、現在まともな武器を持っているのはセレン率いる狩猟隊だけだ。

よくそれで盗賊団を倒せたなと思う。

「うーん、どうにかしてもっと簡単に武器が手に入らないかな……」

生憎とここは荒野のど真ん中だし、荒野を抜けてアルベイル領に入ったところで小さな町や村ばかりで、まともに武器を調達できるとは思えない。

「ん、待てよ」

ふと、とあるアイデアを思いついて、僕は石垣から村の中心へと戻る。

やってきたのはこの村で最初に作成した小屋だ。

現在は誰も使っておらず、ただの倉庫になっている。

「この小屋の一部の木材を拝借して……」

小屋の壁の一部を、棒状に削り出すイメージ。すると半透明の世界で、確かに壁から棒が飛び出してきた。

それを現実に適用すると、壁から作り出された棒が地面に落ちて転がった。

「できた！　施設カスタマイズを応用したら、こんなこともできるんだ」

しかも消費した村ポイントはたったの2だ。

驚きつつも、さらに僕はその棒を加工しようとする。

だけど、今度はどんなにイメージしても変化しなかった。

どうやらいったん施設と分離してしまうと、カスタマイズができないようだ。

なので今度は小屋と繋がったまま棒を加工し、剣の形状へと変えていく。

そして最後に小屋から切り離して――

「できた！」

思い通りの剣が完成し、僕は思わず叫んでいた。

普通なら木を削って何時間もかかるものを、一瞬で完成させることができたのだ。全工程で必要になったポイントは僅か3だけ。これなら幾らでも量産できちゃうぞ。

「ルーク様、その剣は一体……？」

「あ、ミリア。この小屋から削り出して、剣を作ってみたんだ」

「小屋から剣を……？」

目を丸くするミリアの前で、もう一本、別の剣を作り出してみる。二度目なので、先ほどより短い時間で完成させることができた。

「ちょっ、何よ、今のは……っ？」

「セレン、ちょうど良いところに。実は小屋の木材を使って剣を作ってみたんだ」

「……意味が分からないんだけど？　『村づくり』のギフトで、何でそんな真似ができるのよ？」

「一応、施設をカスタマイズするための能力なんだ」

「随分と応用の幅が広そうね……」

確かにこの施設カスタマイズを使えば、武器以外に器とか小物とかも簡単に作れてしまいそうだ。

「ともかく、この剣の性能を確かめてみたいんだ」

「なるほど。ちょっと待ってなさい」

そう言ってどこかに行ってしまったセレンは、しばらくして『剣技』のギフトを持つバルラットさんを連れてきた。

「この剣を使ってみて」

「はい」

どうやら模擬戦形式で確かめてみるつもりらしい。

バルラットさんが僕の作った剣でセレンに襲いかかる。

目にも留まらぬ速さで繰り出されるバルラットさんの斬撃を、セレンは二本の剣で軽々と捌《さば》いていった。

ペキンッ。

「あ……」

二人が戦い始めて僅か一分くらいのことだった。

剣があっさり折れてしまったのだ。

「折れてしまったわね。使ってみてどう？」

「正直、強度があまり……実戦で使うには不安がありますね」

聞けば、狩猟隊が使っている木剣は、強度の高い木材を利用しているらしい。

それでもセレンの業物の剣と比べると遥かに脆《もろ》いそうだけど、僕が作った木剣はさらに強度が劣るという。

「うーん、壊れること前提でたくさん作れば……いや、狩りにそんなに持って行けないか。じゃあ、強度をもっと上げるしか……もしかして同じ小屋でも、場所によってはもっと硬い部分があったり……？　それを利用すれば……」

色々と改善方法を考えていると、そこへ最年長のおばあちゃんがやってきた。

「いっひっひ、こやつらの更生が終わったよ」

おばあちゃんが引き連れていたのは、最初に更生施設へと送られた盗賊たちだった。

「ありがとう、おばあちゃん。って……」

彼らを見て、僕は思わず言葉を失う。

というのも、盗賊たち五人が、まるでよく訓練された兵隊のように背筋をピンと伸ばし、凜々しい顔で真っ直ぐ立っていたからだ。しかも横一列に綺麗に整列している。

こうして見ると、おばあちゃんがまるで配下を従えた裏社会の女帝のようだ。

「お前たち、これからは村長の言うことを、言われた通りに実行するんだよ。働けと言われたら働き、死ねと言われたら死ぬんだね」

「「「イエス、マム！」」」

一糸乱れぬ動きで全員が敬礼し、大きな声で返事を響かせた。

ええっ、もう完全に別人なんだけど!?

さらに彼らは僕の前で高らかに宣言した。

「「「村長様！　我々はあなた様の奴隷です！　どんな命令でもお申し付けください！」」」

本当にこれがあの盗賊たちかな……？

魔法か何かで人格ごと変えられちゃったんじゃ……。

「いっひっひっひ、とても従順になっただろう？　これでもう二度と悪さはしないはずさ」

「お、おばあちゃん、どうやったらこんなふうになるの……？」

「あたしの指導の賜物《たまもの》さね（本当は恐怖を身体に刻み込んで無理やり矯正するつもりだったんだけどねぇ？　なぜかあの施設に入ってから、勝手に従順になっていっちまったよ）」

まぁ一応、村人鑑定を使っても全員の愛村心が「高」になってるし、ちゃんと更生してくれたってことでいいのかな……。

「いっひっひ、それじゃあ、あたしは次の連中を更生させるかねぇ」

おばあちゃんが楽しそうに牢屋の方へと歩いていく。

「「村長様！　我々はいかがいたしましょうか!?」」

「う、うん、じゃあ、とりあえずベルリットさんの手伝いでもしてあげて」

「「イエス、サーっ!!」」

元盗賊たちは元気よく敬礼すると、駆け足で去っていった。

……ごめんね、ベルリットさん。

「ん、待てよ？　そう言えば、あの牢屋って……」

そこで僕はハッとする。

「そうだ！　あれを使って剣を作ればよかったじゃんか！」

僕の脳裏に思い浮かんだのは、牢屋の内と外とを隔てている格子状の金属部分――そう、鉄格子だ。

すぐに僕は牢屋へとやってきた。

中に囚われている盗賊たちに睨まれて、少しビクついてしまう僕。

努めて気にしないようにして、僕と彼らの間を隔てるその格子状の部分に軽く触ってみた。

「うん、やっぱり鉄でできてるみたい」

僕が考えたのは、これをカスタマイズすれば、金属製の武器を作り出せるかもしれない、ということ。

「ええと、そのまま使っちゃうと歯抜けになっちゃうから……まずは一本増やして、と」

2ポイントを消費して、鉄の棒を一本増やす。

「「なっ!?」」

何をするのかと胡乱《うろん》げにこっちを見ていた盗賊たちが、いきなり棒が増えたことに驚いて目を丸くした。

僕はその増やした棒の片側を切断すると、縦方向に圧縮し、横方向には伸長させ、厚みも減らすよう圧縮していく。

さらに先端を鋭く尖らせ、剣の形へと変えていった。

やがてそれらしい形状になると、今度はもう片方も切断し、施設から切り離した。

カランカランと地面に転がったそれは、まさしく剣だ。

盗賊たちはますます意味が分からないといった顔でこっちを見ている。

「できた！　……うわ、思ったより重たい」

持ち上げてみたら、予想以上にずっしりしていた。

かなり圧縮したせいだろう。でもその分、強度は増したはずだ。

よく考えたら先ほど小屋から剣を作り出すときも、圧縮させて強度を高めればよかったのかもしれない。

その剣で軽く壁を叩いてみた。カアアアアン。衝撃がダイレクトに腕に伝わってくる。

「痛い痛い。これじゃ、腕が壊れちゃいそう」

柄《つか》の部分まで金属にしてしまったのは失敗だった。

そう言えば普通は木や革なんかを使うんだっけ。

その後、色々と工夫した結果、刀身の部分は鉄格子から、柄の部分は小屋の木材から作り出し、それぞれをくっ付けることにした。

最初は別々に作って後から連結させようとしたけれど、いったん施設から切り離すとカスタマイズできなくなるという制約のせいで上手くいかなかった。

そこで考えたのが、連結までやってしまってから切り離すというやり方だ。

牢屋の傍に小屋を移動させ、鉄格子から刀身を作りつつ、小屋の外壁から木板を剥がして、それに巻きつけるようにしたのだ。

さらに、圧縮することで木材の強度を上げることができた。

「お、オレは夢でも見てんのか……？」

「……安心しろ、俺も同じもんを見てるぜ……」

「小屋が勝手に移動してくるわ、鉄格子から剣が生み出されるわ……この村は一体どうなってやがんだよ……？」

僕が剣を作るところを目の前で見ることになった盗賊たちは、この異様な現象に顔を引き攣らせている。

そうして剣ができあがったところで、牢屋と小屋からの切り離しを行う。

「完璧だね。柄を木にしたお陰でちゃんと衝撃を吸収してくれる」

よし、調子に乗って槍も作ってしまおう。

槍は先端のみを鉄格子から作って、柄《え》はすべて木材がいいだろう。木材でも圧縮すれば十分な強度になるはずだ。

僕は同じ要領で槍を生み出していった。

そうしてできあがった剣と槍を、セレンのところへ持っていく。

「見てよ、セレン。今度こそちゃんとした武器ができたよ」

「これは……鉄製？　一体どこから……」

僕が作った武器を見て驚くセレン。

早速またバルラットさんと剣で打ち合い、試してみることになった。

すると今度は何度斬り合っても、先ほどのようにすぐに折れてしまうようなことはなかった。

「強度は十分みたいね」

「はい。これなら実戦でも使えそうです」

どうやら合格点をもらえたらしい。

さらに『槍技』のギフトを持つランドくんも呼んで、槍の方の使い心地も確かめてもらった。

「とても使いやすいし、何より斬れ味が全然違います！　これで僕も狩りに貢献できそうです！」

これまで木製の槍しか使えなかったこともあって、ランドくんはすごく喜んでくれた。

「でも、一体どうやって調達したんですか？」

「あ、それ僕が作ったんだ」

「村長が!?」

ランドくんは目を剝いて叫ぶ。

「そんな！　村長が作ってくださった槍なんて、実戦で使えません！」

「ええっ？　何でそうなるの!?」

「だって、初めて村長から下賜《かし》されたんです！　一生の宝物、いえ、家宝にして大切に保管しなければ……っ！」

「いやいや、使ってよ!?」

あと「下賜」だなんて。僕はそんなに偉くないって！

「くっ……そうと知っていれば、斬り合いなんてするんじゃなかった……」

バルラットさんまで!?

武器なんて使ってなんぼだ。なのにバルラットさんもランドくんも、僕が作ったと知るや、是が非でも家宝にすると言って聞かない。

仕方ないので、同じ方法で量産することにした。まぁどのみち元から沢山作るつもりだったしね。

「ここは武器工房か何か……？」

「いや、どう考えてもただの牢屋だが……」

僕がどんどん剣や槍を作り出していくので、盗賊たちは呆気に取られている。

と、そこへおばあちゃんがやってきた。

「いっひっひっひ、次はどいつを更生施設に送ってやろうかねぇ？」

「「「ひぃっ」」」

「お前かい？　お前かい？　それともお前さんにしようかねぇ？　いっひっひっひ」

「「「～～～っ！」」」

いつの間にか僕が作った槍を手に持ち、盗賊たちの品定めを始めるおばあちゃん。

時々その槍を振り回しては、彼らが怯える姿を見て楽しそうに笑っている。怖い。

「よし、決めたよ。お前とお前とお前。それから、お前とお前さ」

そうして選ばれた五人は、それだけで顔色が真っ青になってしまう。

おばあちゃんに引っ立てられ、絶望の表情で牢屋から出てきた。

『な、なぁ、そこの少年』

ん？　今、何か声が聞こえたような。

気のせいかな？　周囲を見回してみるけれど、それらしき人は見当たらない。

『気のせいじゃねぇ。俺だ、俺。牢屋の一番端っこにいる男だ』

どうやら幻聴ではなかったらしい。

言われた場所に目を向けると、そこには盗賊にしては随分とスマートな印象の中年がいた。

牢屋の隅っこで、壁に背を預けて座っている。

そう言えば、『念話』というギフトを持つ盗賊がいたんだっけ。

『俺はサテンって言うんだが、元々は名のある商家の人間だった。だが色々あって実家を追い出され、食うに困って盗賊なんて悪行に手を染めるようになっちまった……』

急に身の上話をしてくる。

だけど聞いて少し納得した。貴族や裕福な商人しか祝福を受けられないのに、なぜ盗賊がギフトを持っているのか、疑問だったんだ。

『今は本当に心から反省しているんだ。他人から奪って生き長らえるくらいなら、死んでしまった方がマシだったたってよ……』

『……』

『罪を償うため、この村のために必死に働くことを誓う！　だからお願いだ、少年！　俺をここから出してくれ！』

『……本当に反省してるの？』

『ああ！　もちろんだ！』

必死に訴えてくるその盗賊に、僕は村人鑑定を使った。

サテン
年齢：34歳
愛村心：反逆
推奨労働：通信士
ギフト：念話

愛村心が「反逆」ってなってるんだけど？　うん、全然反省してないね。

『なぁ、頼むよ、少年……』

どうやらこの男、僕を懐柔して牢屋から出るつもりのようだ。

『そんなにおばあちゃんの更生を受けたくないの？』

『っ……そ、それもある……だが、それだけじゃない！　今すぐこの村のために働き、罪を償いたい気持ちでいっぱいなんだ！』

本当におばあちゃんが怖いんだね……。

訊いた瞬間、顔が明らかに青ざめたもん。

でも残念。きっと僕なら騙《だま》せると思ったんだろうけど、そうは問屋が卸さない。

「ねぇねぇ、おばあちゃん」

「ん、どうしたんだい？」

「あのおじちゃんがね、どうしても早く更生施設に行きたいんだって」

「なっ!?」

僕の言葉に、男は目を剝いた。

『てめぇ、なに考えてやがんだよっ!?』

『あ、本性あらわした』

『……っ！　このガキがぁっ！』

おばあちゃんは楽しそうに口端を吊り上げ、男を見遣る。

「へえ、そいつはなかなか殊勝だねぇ？」

それから、いつものように「いっひっひ」と笑って、

「それじゃあ、お前と交換しようかね」

先ほど選ばれた一人に代わって、サテンという名の盗賊がしぶしぶと牢屋から出てくる。

「あんたの健気な態度に免じて、ひと際厳しく更生させてあげようかねぇ、い〜ひっひっひ！」

その様子から何かを悟ったのか、おばあちゃんは嗜虐的な笑みを浮かべた。

『さ、さっきのは噓っ！　噓だから！　本当に反省してるんだ！　なぁ、頼むっ……頼むよ……』

男が縋《すが》るような目で念話を送って来たけれど、僕は無視してやった。

頑張ってしっかり更生されてきてね。


「おかしい……」

その日の夜。僕はベッドの上で首を捻っていた。

家屋・中にグレードアップしたことで、今までよりも大きなダブルベッドのサイズ。

だから三人並んで寝ても、それほど狭さを感じない。

でも問題はそこじゃなかった。

「どうされましたか、ルーク様？」

「何がおかしいのよ？」

ミリアとセレンが、不思議そうな顔で訊いてくる。

「いや、とぼけないでよ！　君たちのために新しくベッドを作ったのに、何でまだ僕のベッドで寝るつもりなの!?」

施設カスタマイズを使って、わざわざベッドを二台増やしたのだ。

もちろんちゃんとそのことは伝えてある。

なのに、二人はしれっとまた僕のベッドにやってきたのである。

「ルーク様。早く寝ないとお体に障りますよ？」

「あっさり流された!?」

「そうよ。騒いでないで早く寝ましょ」

「センまで！」

くっ……この二人、是が非でもここで寝るつもりだ……。

「分かったよ。じゃあ、僕が別のベッドで寝ればいいんでしょ？」

そう言ってベッドから逃げようとしたら、がっしり身体を摑まれた。

「どこに行かれるんですか、ルーク様？」

「ちょっとトイレに……」

「さっき行ってたでしょ」

「ぐ……」

「さ、ルーク様」

「おやすみ」

有無を言わさぬ彼女たちに、ベッドへと引きずり込まれてしまう僕。

……普段は仲が悪い癖に、こういうときだけチームワークがいいから困る。

「はぁ……分かったよ……」

僕は観念して、結局いつものように二人に挟まれて寝ることになったのだった。

「(ふぅ、どうにか死守できましたね……。ルーク様を堪能できない夜なんて、もはや考えられません！　すーはーすーはー)」

「(危なかったけど、何とか押し切れたわ！　ん、ルークのにおい……すううぅっ……)」


「セレンたち狩猟隊が帰ってこない……？」

「は、はい。いつもであれば、すでに戻ってきているはずの時間なのですが……」

その日、北に広がる魔境の森に狩りに行っていたセレンたちが、なかなか村に戻ってこないということで、ちょっとした騒ぎになっていた。

夜の森は危険だ。だから余裕を持って、いつも夕方までには狩りを終えるようにしているはずだった。

それが今日は、陽が暮れかけ、周囲が薄暗くなり始めているというのに、まだ帰ってきていない。

「うーん、セレンたちのことだし、そんなに心配は要らないと思うけど……」

ちなみに難民第四陣が加わり、その中には何人か武技系のギフト持ちもいて、狩猟隊は現在、十五名にまで拡張している。

僕が施設カスタマイズで作り出した武器もあるため、装備もばっちりだ。

最近はよく、アルミラージというウサギの魔物を狩ってきていた。

ウサギというと可愛らしいイメージだけれど、頭に鋭い角を持ち、体長は一メートルを超える巨大で狂暴なウサギだ。

しかも動きが素早く、熟練の戦士であっても苦戦するほど。

ただ、セレンを筆頭に武技系のギフト持ちの多い狩猟隊にかかれば、狩るのはそう難しくないようで、多い日には一度の狩りで二、三匹を捕まえてくることもあった。

「村長！　狩猟隊が戻って来たようです！」

そんなことを考えていると、物見櫓の方から報告があった。

「しかも、何やら巨大な獲物を担いでいる様子！」

しばらくしてセレンたちが村に帰ってきた。確かに二つの巨大な何かを担いでいる。

巨大な獲物……？

「お、オークだ……！」

「狩猟隊がオークを狩ってきたぞ！」

「な、なんてデカさだ!?」

それは豚頭の魔物、オークだった。

た、確かにデカい……。身長はたぶん二メートルを超えている。

その上、筋骨隆々で、あの盗賊の親玉に勝るとも劣らない巨漢だ。それが二体も。

ていうか、そのうちの一体を、『巨人の腕力』のギフト持ちが一人で抱えてるんだけど……。

その怪力にも驚かされてしまう。

「オークを狩ってたら遅くなっちゃったわ」

セレンは何でもないことのように言ってくるけど、たった一体であっても、襲われたら小さな村なんて一溜りもないような危険な魔物なのだ。

だからオーク肉はほとんど市場に出回ることがなく、豚肉の何十倍もの値がつく超高級肉なのである。

……うん、もちろん食べる以外に選択肢はないよね。

「よし、今日はバーベキューだよ！　みんなでオーク肉をたらふく食べよう！」

僕が声を張り上げると、村人たちが歓喜の声を上げた。

「俺たちもオーク肉を食えるのか!?」

「お貴族様の食べ物だとばかり思ってたが……」

「さすがはルーク村長！　一生ついていきます！」

いやいや、期待し過ぎだって。

一応、実家で食べたことがあるけど、所詮ちょっといい豚肉って感じだったよ。

そんなふうに思いつつ、僕は焼き上がったオーク肉をパクリ。

「～～～～～～～～～～～～～っ!?」

全然期待し過ぎなんかじゃなかった。

オーク肉、めちゃくちゃ美味しい。

「え？　何これ？　肉汁が溢れて口の中が幸福で満たされるんだけど？」

どこが所詮ちょっといい豚肉だ。実家で食べたやつとは大違いだった。

「鮮度が違うのよ。オークなんてそこらに棲息してるような魔物じゃないもの。市場に出回るまでにどうしても日数がかかってしまうのよ」

セレンに言われて、なるほど、と納得する。

もし都市の近くでオークが発見されたら、即座に領兵か冒険者が派遣される。

繁殖する暇もなく殲滅《せんめつ》させられるので、こうした辺境や森の奥にしか棲息していない。

オークは危険過ぎて家畜になんてできないしね。野生を狩る以外に、その肉を手にする方法はないのだ。

「「「な、なんじゃこりゃあああああああっ!?」」」

「「「う、うめえええええええええっ!?」」」

「「「そんちょおおおおおおおおおおっ!?」」」

村人たちも今まで食べたことのないオーク肉の美味しさに驚愕し、狂喜している。

最近になって作られるようになったお酒も振舞われて、肉祭りは夜遅くまで続いたのだった。

「また随分と大きな実ができたね……」

村の畑で新たに収穫された野菜たちを前に、僕は思わず圧倒されていた。

僕の太腿くらいありそうなニンジンや、僕の頭のサイズに匹敵するジャガイモ。

白菜に至っては僕の身体よりも大きい。

最初の収穫の時だって、通常よりかなり大ぶりな作物だったけれど、今回はさらにその上を行ってしまったようだ。

しかも収穫までの期間が短くなっている上に、収穫数そのものも多い。

畑の性能をグレードアップした効果だろう。

難民第四陣に盗賊団までもが村人に加わったことで、さすがに食糧が足りなくなるかも……と思っていたけれど、この様子なら大丈夫そうだ。

「……村長、実はご相談したいことが」

「ベルリットさん？」

そこへ改まった様子で難民たちのまとめ役であるベルリットさんがやってきたので、話を聞いてみる。

「以前もお話ししましたが、我々の多くは村に高齢の親を残してきておりまして……」

「あ、いいよ」

ベルリットさんの要望を察して、僕はすぐに頷いた。

この村に来た難民たちは、元々住んでいた村を捨てる際、体力が乏しく足手まといになりかねない高齢者を村に置いてきたのだ。

しかしこうして新たな定住地を見つけた今、そうした老人たちを連れて来たいと考えるのは自然なことだった。

この村に負担をかけまいと、今までは黙っていたのだろう。

「ここに連れて来たいっていう話だよね？　もちろんいいよ」

「ほ、本当ですかっ？」

「幸い食料も余ってるし……そうだ、セレン」

「話は聞いていたわ。護衛を頼みたい、っていうことね」

盗賊に遭遇するかもしれないので、セレン率いる狩猟隊に協力してもらうことにした。

もちろん彼らの中にも、親や祖父母を残してきたという人がいるはずだ。

「「「村長様！　どうか我々にもお手伝いをさせてください！」」」

「わっ？」

やたらと威勢のいい声が聞こえてきて振り返ると、そこにいたのは更生施設を出た盗賊たちだった。

「武技系のギフトは持っていませんが、戦いには慣れています！」

「万一のときは、我々を盾にでも囮《おとり》にでもしていただければ！」

「罪深きこの身、いかなる犠牲をも厭《いと》いません！」

やる気があり過ぎて逆に怖い。

「う、うん、じゃあ、お願いしようかな……」

ということで、狩猟隊に元盗賊たちが加わって、難民たちが残してきた老人たちを迎えにいくことになった。

さすがに武技系のギフト持ちが全員いなくなると村の防衛能力が心配なので、何人かは残ってもらうことにした。


狩猟隊が出発してから数日後。彼らが無事に村へと戻ってきた。

「親父！」

「おおっ、ベルリットにバルラット！　生きておったか！」

「親父の方こそ！」

ベルリットさんたち兄弟が、村に残してきたお父さんとの再会を喜んでいる。

元の村では村長をしてた人だね。どうやら無事だったみたいだ。

そんな感じの感動の再会が、あちこちで繰り広げられていた。

もしかしたらもう一生、会うことができなかったかもしれないのだ。涙を流して再会を喜ぶのも当然だろう。

「なんだい、あんた。生きてたのかい。てっきり、もうとっくにおっ死《ち》んじまったと思ってたけどね」

「おお、ばあさん！　無事だったのか！」

「こら、くっ付いてくるんじゃないよ、鬱陶《うっとう》しい。じじいに抱きつかれても暑苦しいだけさね」

拷問官のおばあちゃん……旦那さんがいたんだ……。

おばあちゃんと違って随分と温厚そうな人だね。

どうにかこれで家族一つに……とはいかない。残念ながら戦争のため徴兵された人たちは、まだ戻ってきていなかったからだ。

彼らが村に帰ってきたときのために、一応書置きはしてきたという。

「それはそうと……なんかやけに多くない？」

四つの村を合わせても、老人の数はせいぜい五十人ほどと聞いていた。

だけどぱっと見でその四倍はいる気が……しかも普通に若い人が沢山いる。

「途中で難民を見つけたから連れてきたのよ」

「そうなんだ、セレン。道理で……あれ？　あそこにいる縄で縛られた人たちは？」

さらに一団の端っこに、なぜか縄で捕縛された集団の姿があった。

数にして三十人ほど。見た感じ、堅気ではなさそうな人相をしているけど……。

「盗賊団よ。襲いかかってきたから返り討ちにしたの。しかもよく見たら、この間、捕まえ損ねた連中だったわ」

どうやら大半がこの村が捕らえた盗賊団の元メンバーたちらしい。団の主力たちがごっそり抜けたことで、その残党たちが立ち上げた新たな盗賊団だったようだ。

そんな彼らと、更生した元盗賊たちが何やら言い合っている。

「お前たちもちゃんと悔い改めるんだぞ」

「な、何を言ってんだ？　お前そんな奴じゃなかっただろっ？」

「俺は知っちまったんだよ、正しく生きることの尊さをな」

「一体どうしちまったんだよっ？　まるで別人じゃねぇか！　……まさか、洗脳されちまったんじゃないだろうな……？」

「はは、洗脳か。洗脳されて真っ当な人間になれるというのなら、それは素晴らしいことじゃないのか？」

「っ……やっぱりだ……やべぇよ……こいつら完全に……」

「心配するな。お前たちもすぐに分かるから」

「ひっ……や、やめてくれっ……」

めちゃくちゃ怯えているけど……何の話をしているんだろう？

ともかく、あの盗賊たちは牢屋に入れておくことにしよう。

第七章　故郷の現状

「なぁ、やっぱこんなところに村なんてあるはずねぇよ、親父。見ろよ、見渡す限り草木すら生えてねぇ」

「まだ荒野のほんの入り口だ。もう少し先まで行ってみなければ分からないだろう」

息子の弱気な言葉に、儂《わし》はそう言い返す。

「どのみち村にこの冬を越せるだけの食料はない。餓《う》えて死んでしまうだけだ。最後の望みに賭けるしかないだろう」

最近になって、領地で大幅な増税が行われることとなった。

噂によれば、どうやらご領主様がまたどこかと戦争を始めるつもりらしい。

戦乱の時代だ。こうしたことは珍しくない。

しかし今回は今までで最大規模のものになるらしく、そのため非常に厳しい増税だった。

だが儂が村長をしているような小さな村では、そんな余裕があるはずもない。

特に今年は不作が祟《たた》り、ただでさえ食糧難に苦しんでいたのだ。

このままでは冬を越すことができないと見た儂は、ある賭けに出たのである。

「領主様のご子息が、開拓のためにこの荒野送りにされたと聞く。もし、それに成功していたなら……」

開拓地は税を免除されることが多い。もし村の何人かでもそこで出稼ぎをさせてもらえれば、どうにかこの冬を凌《しの》ぐことができるかもしれなかった。

「そんな夢物語、あるはずねぇって。今まで誰も開拓できずに放置されてきた場所だぜ。たった十かそこらの子供が、ロクに従者も与えられずにこんなとこに放り出されたんだ。きっと政争に負けて追いやられたんだろうぜ。噂じゃ、まるで使えないギフトを授かっちまったそうだしな。どうせすでに野垂れ死んでるか、どこかの領地に亡命してるだろうよ」

息子の言い分ももっともだろう。

しかしだからと言って、何もしなければ死を待つだけだ。

「あー、何で俺、あんな小さな村なんかに生まれちまったんだろうなぁ」

「……」

「はぁ、村には良い女もいねぇしよ……。若いうちに街に行って、冒険者でも始めていれば人生変わってたかもしれないな……」

「……」

……プチン。好き勝手言い散らす息子に、儂の中の何かが切れた気がした。

「今さらぐちぐち言ってんじゃねぇぞ、このバカ息子がぁっ！」

「っ!?」

「小さな村で悪かったな！　あれでも先祖が必死に開拓して作った村なんだが、先祖も今頃お前の発言聞いて嘆いているだろうよ！　こんな器の小さな輩《やから》が村長の息子だなんてな！」

「お、親父……？」

「だいたい何が冒険者でも始めていれば、だ！　そんな勇気もなく、挑戦する前から諦めちまった小心者のくせしてよ！　お前なんか、どうせ冒険者になったところで魔物と戦う勇敢さもなく逃げ出してるだろうよ！」

「ちょっ……お、親父……そんなに、言わなくても……」

「いいや、この際だ！　言いたいこと全部言わせてもらう！　だいたいお前は自分じゃなんの対案も出せねぇくせに、人のやろうとしていることにはいちいち難癖ばかりつけやがって！　今回だってそうだ！　ぐちぐち不満を言って、文句を垂れるだけ！　お前がそんなだから、五十を超えてもまだ儂が村長なんてやってんだよ！　こんな荒野にわざわざ五十過ぎたじじいが調査に来てんのも、お前が一人じゃ行きたくねぇって言うからだ！」

「っ！　お、親父！　あれを見てくれ！」

「話を逸らすんじゃねぇ！　今日という今日はお前のその性根《しょうね》を叩きなおしてやる！」

「い、石垣だ！　石垣っ！　荒野のど真ん中に、でっけぇ石垣があるんだよ！」

「ああ？」

息子があまりに必死に指をさすので、僕は仕方なくそちらへと目をやった。

「……石垣？」

「くそっ、親父は目が悪くて見えねぇんだな……。だが間違いねぇ！　もしかしたら村があるかもしれねぇぞ！」

「あ、おいっ」

息子が走り出す。

最初は説教を逃れたいから嘘を吐いたのかと思っていたが、後を追いかけている内に、段々とそれが僕にも見えるようになってきた。

「な……ほ、本当だ……本当に、石垣が……」

ここから見る限り、高さは三メートルを軽く超えてそうだ。

しかも左右に延々と伸びている。

村を取り囲んでいるにしては、あまりにも立派な石垣だ。ちょっとした都市にも匹敵するだろう。

「ちょ、ちょっと待て。あんな石垣を作ろうとしたら、普通は何年もかかるぞ……？」

「だ、だよな、親父」

僕たちは思わず呆然と立ち竦んでしまう。

もしかして、僕らが知らない間に、ずっと前から開拓が進められていたのか？

そう考えなければ説明がつかない。

「と、とにかく、あそこまで行ってみるぞ」

「あ、ああ」

◇　◇　◇

最近めっきり涼しくなってきた。

夏が終わって秋になり、段々と冬が近づいてきたからだ。

「ここに来たのは春だったから、もう半年も経つんだね」

「はい、ルーク様。あのときはどうなることかと思っていましたが、まさかこの短期間でこれほどの村を作り上げられるとは。さすがはルーク様です」

「まぁほとんどギフトのお陰だけどね」

あれからも少しずつ難民がやってきて、いつの間にか村の人口は七百人に迫るほどになっていた。

今や石垣で二重に村を囲っている。以前はすべてを石垣の中にまとめていたけれど、二重の石垣を設け、その間に畑を置く形にしたのだ。

ちなみに多めにスペースを取ったため、まだまだ畑を増やすことができる。

まぁ場所が足りなくなったら、石垣を配置移動で動かせばいいだけなんだけど。

冬が近づいてくると、食糧の備蓄が気になるところだ。だけどあれからも順調に収穫できているし、狩猟隊の頑張りで定期的に肉も手に入っている。

初めての冬も十分に乗り切れると思う。

そんなことを考えていると、僕のところへ報告がきた。

村に二人組の男がやってきたらしい。難民だろうかと思ったけれど、どうやらそうではなさそうだという。

僕は村の入り口へと向かう。するとそこにいたのは、おっかなびっくり周囲を見回している二人組だった。

片方は五十過ぎ、もう一人は三十歳くらいかな？

顔が似ているのでもしかしたら親子かもしれない。

「ええと、僕が村長のルークです」

「あ、あなたがっ……」

高齢の方の男性が慌てて地面に膝を突き、頭を下げてきた。

それを見て若い方も跪《ひざまず》く。

「わ、我々はここから南にあるマオという村から参りました。村長のマックと、こちらは息子のマンタと申します」

南？　ということは、アルベイル領の方からかな？

「その……あなた様はもしや、アルベイル侯爵のご子息の、ルーク様では……？」

「僕のこと知ってるの？」

「や、やはり！　何でも、アルベイル侯爵の命を受けて、この荒野の開拓にいらっしゃったとか。

しかし、この様子から察するに、随分と前から開拓に取り組んでおられたようですね」

「そんなことないよ？　僕が来たときには本当に何もなかったので」

「……？」

何を言っているのか、という顔をしている。

でも本当なんだよね。

「じゃ、じゃあ、やっぱ単に追放されただけ……？　役立たずなギフトを授かったって噂は本当だったのか……」

「こらっ、なんてことをっ……」

「あ、大丈夫。息子さんの言う通りなので」

僕は彼らに軽く事情を説明した。

父上の『剣聖技』というギフトを僕は受け継ぐことができず、代わりに弟が受け継いだこと。

名ばかりの開拓を命じられ、実質、追放される形でこの荒野に来たこと。

何だかんだあって村づくりが上手くいったこと。

「それで、二人はなぜここに？」

「じ、実はですね……」

今度は僕が話を聞く番だった。

二人は今のアルベイル領の現状と、それによる村の困窮について教えてくれた。

内容的に領主批判を伴うためか、最初は言い辛そうにしていたけれど、すでに僕は実家と縁が切れているような状態なので遠慮は要らないと告げたことで、次第に憤《いきどお》りの籠った口調になっていった。

「戦争に勝って領地が広がったところで、儂らの生活が良くなるわけじゃねぇ！　なのに税だけは容赦なく取っていきやがって……っ！　結局、儂ら領民のことなどまるで考えてねぇんだ！」

よほど鬱憤《うっぷん》が溜まっていたのだろう、ついには顔を真っ赤にして叫び出してしまう。

「お、親父っ……」

さすがに領主の子の前でヒートアップし過ぎだと思ったのか、息子さんは僕の顔をちらちら見てはおろおろしている。

「えーと……僕の父がすいません」

申し訳ないので代わりに謝っておいた。

「はっ……も、申し訳ありませんっ……つい、熱くなってしまって……」

「あ、うん、大丈夫大丈夫。僕もあんなに戦争ばっかりして馬鹿みたいだなって思ってるし」

我に返って謝ってくるマオ村の村長マックさん。

僕がはっきり自分の考えを口にすると、マックさんは目を丸くした。

領主の子がそんなことを言うのか、というような顔だ。

「つまるところ、このままだと冬を越せないので、この村に出稼ぎに来たいってことだよね」

「は、はい、そうなります……」

「もちろん歓迎するよ。出稼ぎどころか、移住してもらっても構わないくらい。特に人数の制限もないよ。幸い食料は十分あるから、何なら全員まとめてでも」

「ほ、本当ですか!?」

今の時代、村を捨てて別の領地に逃げ出すなんて話、珍しいことじゃないしね。

それにしても、今までで最大規模の戦争か。

となると、どこと戦いを始めるつもりなのか、大よその予想が付く。

アルベイル侯爵家とは領地が隣り合う犬猿の仲にして、共に現在の五大勢力の一角に数えられるシュネガー侯爵家だろう。

もしアルベイルが戦いに勝てば、他のライバル領主たちを差し置いて、最大の領地を得ることになるはずだ。

「……ラウルも戦場に出るのかな？　初陣からなかなか大変そうだけど……。まぁ僕が心配しても仕方ないか」

そんなやり取りをしていると、そこへセレン率いる狩猟隊が帰ってきた。

「ただいま。今日は大猟よ」

やけにセレンの機嫌がいい。見ると、狩猟隊はたくさんの獲物を抱えていた。

最近は冬に備えて狩りを頑張ってもらっているのだけれど、随分と獲ってきてくれたようだ。

「うおっ、すげぇ美少女――は？　ひぃっ!?」

セレンを見て分かりやすく表情が緩んだマンタさんが、彼女の後ろの成果物に気づいてその場にひっくり返った。

「お、お、お、オークっ!?」

マックさんもまた目を剝いて思わず逃げ出そうとする。

「心配要らないわよ。すでに死んでるから」

「ま、まさか、このオークを、あなたたちが……？」

「ええ、向こうに見える森でね。もちろんこの一体だけじゃないわ」

「ひえっ!?」

今日の狩りの成果は、どうやらアルミラージが五匹とオークが三体のようだ。

魔物ばかりなのは、動物よりも肉が美味しいからである。

ただ、このくらいの成果なら、セレンが自信満々に大猟と言うほどじゃないと思う。

これまでにもオーク三体くらい何度かあったはずだし。

「ふふふ、あれを見なさい」

言われて視線を向けてみると、恐ろしく巨大な何かがこっちに引き摺られてくるのが見えた。

「え？　何あの大きなの？」

「グレートボアよ」

それは猪の魔物だった。体長はゆうに五メートルを超えていて、四肢の一本だけで僕よりも大きい。鼻の近くからは太い牙が生えている。

あんな怪物の突進を受けたら、オークでも吹き飛ばされるだろう。

「ちょっ、あんなのどうやって倒したの……？」

「ノエルとゴアテが大盾で動きを止めて、後は首を狙って一斉攻撃ね。ルークが作ってくれた鉄の大盾が役に立ったわ」

何でもないことのように言うセレン。

実は剣や槍だけじゃなく、盾も一緒に作っていたのだ。

鉄格子を何本もくっつけて作った巨大な盾は、『盾聖技』ギフトのノエルくんと、『巨人の腕力』のゴアテさんが使ってくれている。

とはいえ、よく見るとその大盾が思い切り凹んでいる。

かなり分厚く作ったはずなのに……。グレートボアの突進の威力に戦慄するしかない。

ちなみにそのグレートボアを引き摺ってきているのがゴアテさんだ。

三十代半ばのゴアテさんは、身長こそせいぜい１７５センチほどだけれど、ギフトのお陰で自分より遥かに巨大な魔物を軽々と引いている。

……ちょっと現実味がない光景だった。

「「あ、あ、あ……」」

マックさんとマンタさんは、グレートボアの巨大さに驚愕しているのか、あるいはゴアテさんの異常な怪力に驚いているのか、言葉を失ったように立ち尽くしてしまった。

「親父、俺もしかして夢でも見ているのか？」

「……頬を引っ張ってやろうか？」

「あ、ああ、頼む……いでっ!?　い、痛いってことは、夢じゃな――いでででででっ!?　お、親父っ!?　いでっ、いでぇって!?　いつまで引っ張ってやがる!?　いでででっ!?」

この親子、なんだかすごく仲がいいなぁ。

……ちょっと羨ましくなってしまった。

◇　◇　◇

ひとまず荒野の村を後にした儂らは、自分たちの村に戻りながらも、未だに夢でも見ているのではないかという思いに囚われていた。

「立派な二重の石垣に、巨大な作物がなる畑……数百人もの村人たちはみんな至って健康そうで、誰もが清潔な家屋に住んでいる……それに公衆浴場や教会まで……」

そして極めつけは、あの魔物だ。

どうやらあの村では日常的に魔境の森に入り、魔物を狩っているらしい。

儂らが住む村では、アルミラージ一匹でも追い払うだけで精いっぱいだった。

オークなんかが現れた日には、村が全滅してもおかしくないだろう。

「マジであれにはビビったぜ……。やたらと可愛い子を見つけたと思ったら、後ろからオークだからな……にしても、ほんと可愛かったな、あの子」

「……お前はあの子の倍以上の年齢だろうが」

加えてあのグレートボア。あの巨大な猪の魔物によって、百人規模の部隊が壊滅させられたことがあるとの話も聞く。

それをあの村の連中はたった十数人で？　どんな冗談だろう。

あれが本当に僅か半年で作られた村なのだろうか？

いや、そもそもはや村という規模ではないのだが。

「あの少年村長のギフトの力だとは言っていたが……」

俄《にわ》かには信じがたい話だ。

しかもこれまた信じがたいことに、彼らは我が村を丸ごと受け入れてくれるという。

「村に戻ってこの話をしても、なかなか信じてくれそうにないな」

「少年村長と違って、親父あんまり慕われてねぇからな」

「……誰のせいだと思ってるんだ、このバカ息子が。……はぁ、あのルーク村長は十二歳であれだけの村を築いたというのに……。その十分の一でもいいから、お前も真面目に働いてくれればなぁ……」

儂が露骨に聞こえるように呟くと、息子は明後日の方を向いて聞いていないフリをしやがった。

殴ってもいいだろうか？

◇◇◇

その後、マックさんをはじめとするマオ村の人たちが、こぞってこの村にやってきた。

「ほ、本当だったんだ……」

「こんな荒野に街があるなんて……」

「ほれ見ろ、儂の言った通りだろうが！」

「俺はてっきりマック村長が耄碌《もうろく》して、おかしなことを言っているのかと……」

どうやら実際に見るまでは半信半疑だったみたいだ。

「どうも、僕が村長のルークです。皆さんを歓迎します」

「本当に少年だ……」

「彼がアルベイル侯爵のご子息か……？」

「な、なぁ、あれ、何だ？　あの家のところに置かれたデカいの……」

「「「～～～っ!?」」」

挨拶のために出ていったけれど、彼らの注目は僕よりも家の傍に置いたソレに集まってしまった。

「あれはグレートボアの頭蓋骨だよ」

よっぽど狩りに成功したのが嬉しかったのか、セレンが目立つところに飾っちゃったんだよね……。威圧的すぎるから、せめて村の端っこにしてって言ったんだけど。

「「「ぐ、ぐ、グレートボア!?」」」

「まだお肉余ってるんで、よかったら食べてみる？」

オーク肉ほどじゃないけど、結構美味しかった。

量が多くてすぐには食べ切れそうにないので、セレンに冷凍してもらうか、燻製《くんせい》にして保存しようかと思っている。

「「「……」」」

「あ、それじゃあ、住む場所を作るね」

それから僕は彼らの目の前で新たな長屋を作成してみせる。

今後も突然、村の中に施設が出現することがあるので、今のうちに説明しておいた方がいいだろうと思ったからだ。

「い、一瞬で……家が……」

「これは夢か……？」

こうしてマオ村の人たち計九十二人が、新たな村人になったのだった。

けれど、村人の増加はそれだけにとどまらなかった。

僕が「周辺にも困ってる村があったら声かけていいよ」と言ったこともあって、次々と村を捨てて集まってきたのだ。よっぽど今回の増税が苦しかったのだろう。

また長屋をたくさん作らないとね。

ちなみに村にやってきた人を最初に発見し、村まで連れてくるのは主に元盗賊たちだ。

おばあちゃんのお陰で、今や完全に更生したけれど、さすがに罪を犯したことのある彼らを他の村人たちと同じように扱うわけにはいかない。

そのため彼らの住居は、建物こそ普通の村人と同じ長屋だけれど、内石垣と外石垣の間に設けている。

そして交代制で、外石垣から荒野を監視してもらっていた。

『ルーク村長、また新たな移住希望者のようです』

『うん、分かった』

特に役立っているのが、『念話』のギフトを持つサテンだ。

あのとき僕を騙《だま》して脱獄しようとしていた彼も、今ではすっかり生まれ変わって、村に貢献してくれている。

直接、僕の頭に報告が来るので非常に助かっていた。

「でも、牢屋に入ったままの盗賊がまだ二人だけいるんだよね」

大半の盗賊たちが更生し、今では村のために一生懸命働いてくれている中、まだ牢屋から出すことができない者たちが二人いた。

そのうちの一人は、牢屋が随分と小さく見える巨軀《きょく》の持ち主。

近づいていくと目だけがぎろりとこちらを向き、その威圧感に思わず後退《あとずさ》りしそうになってしまった。

ドリアル
年齢：36歳
愛村心：低
推奨労働：戦士
ギフト：斧技

盗賊団の親玉だった男だ。

「こいつはあたしが何をやってもこたえた様子がない。どんなに痛めつけても顔色一つ変えないなんて、大したタマさね。さすが盗賊たちの親玉張ってただけのことはあるよ」

おばあちゃんが感心したように言う。

「危険過ぎて、ここから出すこともできないよ。いっそ処刑しちまうかね？」

……相変わらず物騒なことを平然と口にするおばあちゃんだ。

一方ドリアルの方は、おばあちゃんの脅し文句にも眉一つ動かさない。

単に身体が大きいだけじゃない。今までよっぽどの死線を潜《くぐ》り抜けてきたのか、随分と肝が据わっている。

と、それまでずっと無言だったドリアルが、不意に口を開いた。

「……あの青い髪の娘はどうした？」

「え？　セレンのこと？」

「セレンというのか。オレを倒したあの娘だ」

セレンがどうしたっていうんだろう？

「オレは自分より弱い相手には従わない」

「うん？」

「だが、あの娘の言うことであれば聞く気はある」

「へ？」

……僕はセレンを牢屋に呼んだ。

「と、いうことらしいんだけど」

「ふうん……」

セレンは鉄格子の向こうにいる巨漢を、胡散臭《うさんくさ》そうに睨みつける。

「一体何を企んでるのよ？　そう言っておけば、外に出してもらえるとでも思ってるのかしら」

「別に何も企んではいない。ただ、オレはオレを負かしたお前に、相応の敬意を払いたいというだけだ」

「……」

「無論、ここから出せと言っているわけでもない。もしオレの力が必要なときがきたら、そのときは手を貸してやろう」

確かに戦い慣れしたこの男の力は、万一のときに頼りになりそうだけど……。

とりあえず保留だ。しばらくはこのまま牢屋に入れておこう。

「もう一人はこいつだよ」

「この人って、確か最初に捕まえた盗賊だよね、おばあちゃん」

他の囚人たちが去り、すっかり静かになった牢屋の片隅。

そこに捕らえられていたのは、僕たちが盗賊団を村の中に誘《おび》き寄せ、罠に嵌めるために利用したあの盗賊だった。

パール
年齢：23歳
愛村心：低
推奨労働：大道芸人
ギフト：なし

「っ！　ババア、また来てくれたっすか！」

「誰がババアだい！　殺されたいのかい！」

おばあちゃんが怒鳴りつけるけれど、バールは嬉しそうにブルブルっと身体を震わせた。

さらにおばあちゃんは、木で作った鞭《むち》でバールを叩き始める。バチンバチンと、痛々しい音が響いた。

「あひぃっ！　も、もっと！　もっと強くしてほしいっす！」

なのにバールはというと、陶然としながらさらに強く叩くよう要求する。

おばあちゃんは気味が悪いものを見るような顔で、バールの股間を踏みつけた。

「このド変態野郎が！」

「～～～～っ!?　あ、あふっ……いひぃ……」

い、痛い……っ！　僕は思わず自分の大事なところを押さえてしまう。

「ひ、ひぎぃ……」

口の端から涎《よだれ》を垂らし、身を捩《よじ》らせるバール。

けれど、苦悶で歪んでいるはずの顔が、どこか嬉しそうに見えた。

「い、今のは……すごく、よかったっす……うひ……うひひひ……」

……き、気持ち悪い。

おばあちゃんは害虫でも見るような目でバールを見下ろしながら、溜息を吐いた。

「見ての通りで、あたしにはお手上げさ」

「何でこんなことになっちゃったの？」

「さあね。最初は痛めつけるとちゃんと痛がったし、しっかり怯《おび》えてはいたんだけれどねぇ……

段々と気持ちよくなっちまったんだろうよ」

痛めつけられて気持ちよくなるって、どういうこと……？

「こんな有様だから、残念ながらあたしじゃお手上げさね」

「なに言ってんすか、ババア！　もっともっと俺を痛めつけてほしいっす！」

「最近じゃ、あたしに怒られたいからって、ワザとババアなんて呼んでくるんだよ」

「そ、そうなんだ……」

「こんな変態、初めて見たよ……できればもう関わり合いたくないねぇ」

あのおばあちゃんが逆に怯えているなんて。

「……こ、こっちも保留かな」

愛村心は「低」で、「反逆」よりはマシだけど、外に出すには色んな意味で危険そうだし。

先ほどのドリアルと同じく、今後の彼の扱いについてもひとまず保留とした。


〈パンパカパーン！　おめでとうございます！　村人の数が１０００人を超えましたので、村レベルが６になりました〉

〈レベルアップボーナスとして、１００００村ポイントを獲得しました〉

〈作成できる施設が追加されました〉

〈村面積が増加しました〉

〈スキル「領地強奪」を習得しました〉

一気に村人が増えた結果、またレベルが上がってしまった。

千人の大台も突破だ。

「領地強奪……？」

〈領地強奪：他者が治める領地であっても、強制的に村の一部に組み込むことが可能になる。ただし、村長のいる地点から半径五十メートル以内に限定される〉

今まで明確な持ち主がいる土地については、村にすることができなかった。

だからこの未開の地に来るまでは、『村づくり』のギフトを使えなかったのだ。

それがこの「領地強奪」の村スキルを使えば、許可なく他人の土地を村のものにできてしまうらしい。

「え？　それめちゃくちゃ物騒なスキルじゃない……？」

……まぁ、こんなの使う機会なんて来ないと思うからいいけど。

そもそも今や村面積がさらに拡大し、すでにこの荒野全域を覆《おお》えてしまえるほどになっている。

外側の石垣で囲っている部分は、ほんの一部でしかなかった。

これでも村としては十分過ぎる広さなのに、誰かの領地を奪おうなんて思うはずもない。

乱世の戦いから離れた今、僕にはこの村さえあればいい。

父上と違い、これ以上の領地拡大なんて望んでいないのだ。

〈レベル6になったことで、新たに作成可能になった施設は次の通りです〉


地下道（20）　店舗（50）　城門（50）　訓練場（100）　マンション（300）

「地下道？　地下に道を作ることができるってこと……？」

〈地下道：地下を通行するための道路。常時点灯。自動空調〉

試してみると、まず地中へと繋がる階段が出現した。硬い石で固められ、しっかりとした作りのそれを降りていく。

「行き止まりだ。今ので20ポイント分ってことかな」

そこからさらに地下道を作成すると、今度は数メートルほど先まで道が出現した。

「すごい、地面をこんなに簡単に掘り進められるなんて……」

今のところ使い道が思いつかないけど……もしかしたら万一のときの避難所なんかに使えるかもしれないね。

〈マンション：鉄筋コンクリート製の四階建て集合住宅。２ＬＤＫの計二十部屋〉

「マンションって……」

この世界には存在しないけど、前世では一般的なものだったという知識がある。

３００ポイントも必要だけど、全部で二十部屋あるならむしろ長屋よりもお得だ。しかも各部屋にちゃんとお風呂とトイレが付いているらしい。

第八章　代官

私の名はダント。

アルベイル領でも北の地域――〝北郡〟と呼ばれる一帯の管理を任された代官だ。

私の一族は元々、この地域を治める貴族だった。

だが父上の代のときに、先代のアルベイル家の軍門に降《くだ》った。

弱小領主だったため、最初から戦っても勝てないことは分かっていた。

それゆえ抵抗することなく城を明け渡すと、一家が生き延びることができたばかりか、父上はそのまま一帯の代官に任命された。

それを引き継ぐ形で、現在は私が代官を務めているというわけだ。

アルベイル領はそれからも精力的に領地の拡大を続けている。

もちろん、いち代官でしかない私は、それに全面的に協力するしかなかった。

「ダント様、また別の村でも、村人が丸ごといなくなっていたようです」

「またか……。いや、厳しい税を課してしまっていることは分かっている。だが、それにしても多過ぎるのではないか？　それも村人が全員そろって夜逃げしてしまうなど……」

　領主様からのお達しで、今まで以上に重い税を課さざるを得なくなってしまった。中には税を払えなくなり、領内から逃げ出す者も出てくるだろうとは思っていた。

　だが、その数が予想以上に多い。

　領地から逃げたところで、行った先でまともな生活ができる保証などない。むしろかえって酷い環境に陥る可能性もある。

　それが分かっているからこそ、多くの領民たちは、重税に喘ぎながらもその場に留まるのである。

「実は、調査した者たちの何人かが、不思議な話を聞いたようでして……」

「不思議な話？」

「はい。なんでも、北の荒野に新たな村ができたとか。しかも、そこは安全で快適な住まいが約束され、食べるものにも困ることがない、天国のような場所であると……」

　あまりに胡散臭い話に、私は思わず顔を顰《しか》めた。

　ここからさらに北に広がる荒野は、まさに不毛の大地だ。

　作物を育てることなど不可能だし、近くには魔境の森があって、時折そこから魔物が現れる危険な場所でもある。とても人が住めるようなところではない。

　しかし最初はそんなふうに疑っていた私だが、その後も次々と似たような情報が上がってきて、これは間違いなく何かあるなと思い始める。

そこで実際にその荒野の調査に行かせたところ、

「だ、ダント様……その……やはり、荒野に……」

「本当に村があったのか？」

「村……というか、都市らしきものが……」

「都市だと……？」

俄かには信じがたい報告が上がってきた。

◇◇◇

本格的な冬が近づいてくるにつれて、ますますアルベイル領からの移住者が増えてきた。

どうやらこの村の噂が、思っていた以上の規模で広がってしまっているらしい。

このままだと、そのうち一帯を任されている代官あたりが何か言ってくるかもしれない。

まぁでも、あくまで僕は父上の命を受けてこの荒野を開拓し、村を作ったわけだ。

勝手に村を作って領民を奪ってるんじゃないし、大丈夫だろう。

「あ～、そんなことより、やっぱり冬はお風呂に限るねぇ……」

悩みなんて簡単に吹き飛んでしまう魔力がお風呂にはあった。

立ち昇る湯気の中、まったりとお湯に浸かって日頃の疲れを癒す。別に大して疲れるようなことやってないけど。

ここは家屋・大をカスタマイズすることで作った、僕専用の風呂だ。

しかも露天風呂である。

村人用の住居をすべて長屋からマンションにしてあげたんだし、これくらいの贅沢は許されるよね。

実は最近になって家屋・中から家屋・大へとグレードアップしたのだけれど、この家屋・大がすごかった。

二十人は住めそうなくらい大きな屋敷で、池付きの広い庭まであるのだ。

僕は施設カスタマイズを使い、お風呂を庭にも設置した。冷たい外気のせいか、より一層お湯が気持ちいい。庭にお風呂があるなんて最高だよね。

唯一、不満があるとしたら、

「開放感があっていいわね」

「これでいつでもルーク様とのお風呂を堪能できます」

……なぜか混浴である点だ。

「ねぇ、二人のためにもう一つ作ってあげたよね？　何であっちを使わないの？」

「別にどっちを使っても構わないんでしょ？」

「となると、もちろんルーク様が使われている方を選びます」

……うん、分かってる。

この二人に何を言っても仕方がないってことは、とっくに……。

「はぁ……いいけど、それ以上は近づいて来ないでよ？」

「はい？　今、なんとおっしゃいました？」

「ちょっ、近づいて来ないでって言ったばかりでしょ!?　あと、ちゃんとタオルで隠して！」

「(恥ずかしがっているルーク様っ、激萌えですうううううっ！)」

「(くっ、あの痴女、絶対ワザとやってるわ！　……で、でも、私ももっと大胆になった方が……？)」

そんなことを言い合っているときだった。

『村長、村に怪しげな一団がやってきました』

『また移民かな？』

『いえ、どうやらアルベイル領の代官だと名乗っているようです』

早速来ちゃった!?

◇　◇　◇

北郡の代官を務める私は、手勢の兵たちの中でも精鋭ばかりを集め、彼らとともに荒野へと向かっていた。

件《くだん》の荒野の村、いや、街を自ら調査するためだ。

「しかしダント様。なぜダント様ご自身がわざわざ調査に？」

不思議そうに訊いてくるのは、その精鋭たちをまとめる隊長のバザラだ。

代々我が家に仕えてくれている彼は、戦闘系のギフトも持っており、単身でオークを討伐できるほどの猛者《もさ》である。

「実は少し気がかりなことがあってな。私自ら赴いた方が良いだろうと判断したのだ」

「気がかりなこと、ですか？」

「うむ。……もしかしたらその荒野の街に、アルベイル侯爵のご子息、ルーク様がいらっしゃるかもしれない」

「なっ？」

将来的に領地を継ぐことになるのはこの方に違いないと、誰もが思っていた長男のルーク様。

だが祝福の儀の直後に、どういうわけか開拓地送りにされてしまったという。

領主一家からすれば、あまり公にはしたくない内容だからか、代官である私も詳しいことは知らない。

ただ、次男のラウル様が同じ儀式で『剣聖技』のギフトを受け継がれたということは、あっという間に領地中に伝えられた。

もしルーク様もそうであれば、ラウル様と同様すぐに全領民が知ることになっただろう。そうなっていない以上、ルーク様が『剣聖技』を受け継ぐことができなかったのは間違いないはずだ。

風の便りでは、開拓地と言いながらも、開拓には向かない過酷な土地だとか。

それがこれから赴く荒野だったのではないかと、私は睨んでいる。

「ただ、そうは言っても、あのような荒野をこの短期間で開拓されたなどとは、俄かには信じられないが……」

何にせよ、行ってみれば分かるだろう。

やがてその荒野が見えてくる。草木すらほとんど生えていない、砂と岩ばかりの大地だ。

しかしそんな荒野のど真ん中に、確かにそれはあった。

「な、何ですか、あれは……？」

バザラが目を丸くしている。

無理もない。報告を受けていた私でも、俄かには信じがたい光景だった。

殺風景な荒野を切り取るように、城壁が延々と左右に伸びているのだ。それも私が普段いる都市リーゼンの城壁に、勝るとも劣らない立派な城壁だ。

「……どう考えても村ではないな。間違いなく都市だ」

「では、たった半年ほどでこの荒野に都市を作った、と？」

私とバザラは互いに顔を見合わせ、首を傾げるしかない。

そんな真似が不可能なのは、周囲の赤茶けた大地を見ていれば分かる。

とにかく我々はその都市へと近づいていった。

門の近くまでやってきたところで、城壁の中程に設けられた穴から男が顔を出した。

いかにも荒くれ者といった人相の男だ。盗賊と言われても納得する。

……まさか本当に盗賊ではないだろうな？

「この村に何の用だ？」

「私はアルベイル領北郡の代官を務めるダントだ。突然の訪問で申し訳ないが、この街……村の代表者と面会させていただきたい」

相手が村と言っているので、一応こちらもそれに合わせておいた。だがこんな見事な城壁を持つ村があってたまるか。

この規模の都市となると、確認のためにしばらく時間がかかるだろう。

そう思っていたが、一分もしないうちに門が開いた。どうやら中に入っていいらしい。

「ご安心ください、ダント様。得体が知れないとはいえ、所詮は辺境の街。我らがいる限り、その身に危険が及ぶことはないでしょう」

バザラがそう自信たっぷりに請け合ってくれる。

「これは……？」

しかし門を潜ったところで、我々は面食らうこととなった。

というのも、そこに広がっていたのは街ではなく、畑だったからだ。

「城壁の内側に農地が……？　城壁が二重に設けられているのか……」

通常、農場などは城壁の外に設けられ、内側は居住地のみとなっているものだ。

言わずもがな、広大な面積を囲む城壁を建造するには、途方もない資金と労働力が必要だからである。

「恐らく人が住んでいるのはあの内側の城壁の中だけでしょう。思っていたより規模は小さいようです」

バザラが少し安堵したように言うが、むしろ私はかえって恐ろしくなってしまった。

では一体、どうやってこれだけの城壁を築いたのか、と。


「な、何だ、この畑は……？」

一見するとただの畑のように見えたが、近づいてみてその異常さに気づいた。

どの作物も異様に大きいのだ。

いや、おかしいのは大きさだけではない。

そもそも時季外れの作物が普通になっていた。向こうに見える黄金色の一帯は、恐らく小麦畑だろうが、今はもう冬である。

こんな季節に実る小麦など、この辺りでは聞いたことがない。

だいたいここは作物がまるで育たないはずの荒野なのだ。なぜ当たり前のように畑が広がっているのか。

「それにこの石畳の道……」

馬車が通っている道が、かの有名なアルピラ街道に勝るとも劣らない見事な石畳の道なのである。

座っていてもほとんど振動が伝わってこないほどだ。

これほどの街道が敷かれていれば、領都に行くにももっと快適な旅ができるだろう。

「二重の城壁に加え、この立派な街道……相当な技術力が必要になるのはもちろんのこと、多くの労働力が不可欠のはずだが……」

少なくともたった半年で建造されたようには思えない。

「もしや、ここに城塞都市を設けるため、何年も前から秘密裏に少しずつ建設を進めてきた……？」

そしてそこへご子息を……？」

そこまで考えて、しかし私は首を傾げた。

この荒野に都市を築くことに、何ら戦略的な意味を見出せなかったからだ。

だいたい北と東はそれぞれ魔境の森と山に囲まれ、南部はすでにアルベイル領だ。

西方は今まさに二つの陣営が争っている土地であるが、アルベイル侯爵からすればそれほど欲しい土地ではないはずだった。

やがて我々の乗る馬車は内側の城壁へと辿り着く。

門を潜ると、そこで馬車が停止した。

馬車から降りた私を待っていたのは、十を少し過ぎたくらいと思われる少年だった。

◇◇◇

僕は慌てて露天風呂から上がると、村の入り口へ向かった。

全身がほかほかで、いかにも風呂上りって感じだけど、仕方がない。

内石垣の外に広がっている畑の真ん中、ギフトで作った石畳の道路を、屈強な兵士たちの護衛とともにそれらしき馬車が進んでくる。

あ、そう言えば最近、石垣をすべて高くしたんだよね。

なぜかというと、東に見える山の方から冷たい吹きおろしがきて、めちゃくちゃ寒かったからだ。

高い石垣で村を囲んだことで風を凌げるようになり、随分と暖かくなった。

五メートル以上あるので、「これはもう城壁では？」なんて言って、みんな驚いてたけど。

内石垣の門を通ったところで、その馬車は停止した。

中から出てきたのは、四十歳くらいの身なりのいい男だ。

随分と驚いた様子で周囲を見回している。

領地の広いアルベイル領には、全部で二十人を超える代官がいる。

もちろんすべて父上が代官に任命しているのだけれど、その経緯は様々だ。

戦争で奪い取った領地の場合、大抵は元のその地の領主一族は処刑して、代わりに忠実な部下を送って統治させる。

しかし、すぐに降伏して服従を誓ったような領主は、生かされてそのままその地の代官を任されることもあった。

アルベイル領の北部は確か、後者の方だったっけ。

ただし父上の代ではなく、先代の頃にアルベイル領内になった地域のはずだ。

「ようこそいらっしゃいました。僕がこの村の村長、ルーク＝アルベイルです」

「……わたくしは北郡の代官を務めております、ダントと申します」

一応、領主の息子である僕の方が身分が上なので、相手が跪いてくる。

「この度はご挨拶が遅れてしまったこと、大変申し訳ございません」

ダントさんはいきなり謝罪してきた。

領主の息子が開拓のためにこの地にやってきたとなると、隣接する地域の代官であれば、普通はすぐに挨拶に来るものだろう。

ただ、今回のこれは開拓とは名ばかりの追放だ。

勘当されたも同然の領主の息子に、わざわざ挨拶しに行く代官はいない。

まさか本当にこんな村を作り上げるなんて、予想だにしなかっただろうし。

というか、そもそも僕がこの場所に送られたことすら知らなかった可能性もある。

「気にしなくて大丈夫ですよ。それより、皆さんを歓迎いたします。ぜひゆっくりしていってください」

隣接した地域を任されている代官のダントさんとは、長い付き合いになるはずだ。

少しでもいい印象を持って帰ってもらいたいと、僕は精いっぱい持て成すつもりだった。

――このときの僕は気づいていなかった。

そんな僕の考えとは裏腹に、うちの村人たちが、ダントさん一行へ強い警戒の眼差しを向けていたことに。

◇　◇　◇

昔、一度だけ領都でお会いしたことがある。

間違いない。ルーク＝アルベイル様だ。

「ようこそいらっしゃいました。僕がこの村の村長、ルーク＝アルベイルです」

「……わたくしは北郡の代官を務めております、ダントと申します」

私はその場に跪いて、謝罪の言葉を口にする。

「この度はご挨拶が遅れてしまったこと、大変申し訳ございません」

無論、知らされていなかったから仕方のないことなのだが、体裁上というやつである。

ルーク様は優しい笑みを浮かべて言った。

「気にしなくて大丈夫ですよ。それより、皆さんを歓迎いたします。ぜひゆっくりしていってください」

そこからはさらに驚きの連続だった。

まず、見たことのない建物がずらりと並んでいた。上にも横にも長い、直方体型の建造物だ。木造でもなければ、石造りでもなさそうだ。

聞けば、ここに村人たちが住んでいるという。

「マンションと言います」

「マンション……？」

さらに、村の中が信じられないくらい清潔だった。

このような開拓村では普通、トイレの設備など整っていない。だから適当に掘った穴などに糞尿をするものだが、どうしてもその悪臭が辺りに充満してしまうのである。

だがこの村にはそれがない。むしろ我がリーゼンの街の方が、汚臭がするほどだ。

聞けば、どうやら各家庭に水洗トイレなるものが備え付けられているらしい。生憎《あいにく》とそのような形式のトイレなど、私は見たことも聞いたこともなかった。

さらに言えば、村人たち自身も清潔だった。

水が不足しがちな開拓村では、お風呂どころか、水浴びすら難しいのが普通で、ゆえに住民たちからも酷い臭いがするもの。

しかし服装こそみすぼらしいものの、村人たちは毎日しっかり身体を洗っているらしく、とても綺麗なのだ。

「どの家庭にもお風呂があります。あと、公衆浴場が二か所」

「各家庭にお風呂……？　しかも、公衆浴場が二つも……？」

「はい。元は一つでしたが、あまりに盛況だったので増やしました」

まるで食卓に品数を一品増やすくらいの気軽さで言うルーク様だが、当然そんなに簡単に増やせるものではない。

清潔なだけではなく、村人たちは至って健康そうだった。

あれだけの畑があれば当然かもしれないが、栄養失調になっているような住民は一人も見当たらない。

そして我が精鋭部隊をどよめかせたのが、村長宅に飾られてあった魔物の頭蓋骨だ。

「こ、これはまさか、グレートボア……？」

「あ、そうです。うちの狩猟隊が森で狩ったやつですね」

「グレートボアを狩った……？　そ、その、失礼ですが、たまたま死んでいたのを運んできたわけではなく……？」

「はは、僕が自分で見たわけじゃないですけど、違うと思いますよ。鉄の大盾がグレートボアの突進を喰らって、思い切りひしゃげてるのを見ましたし」

私は恐る恐るバザラを見た。

そんな真似がこの精鋭部隊で可能かと、視線で訊いてみる。

すると、バザラは青い顔をして首を左右にぶるぶると振っていた。

「……お、恐らく、ハッタリではないかと……」

「そう願いたいが」

とんでもないところに来てしまったようだと、私は若干の後悔を抱きつつあった。

◇　◇　◇

ダントさん一行を案内しながら、ひとまず村の中を一周してみた。

さて、これで一通り紹介すべきところは紹介したよね？

「こんな感じですね」

「る、ルーク様……改めてお伺いしたいのですが……これは本当に、たった半年で作り上げた村なのでしょうか……？」

「あ、はい、そうですよ。僕が半年前にここに来たときは、ただの荒野でしたので」

ダントさんは信じられないという顔をしている。

「ええと、実は僕のギフト『村づくり』のお陰なんです」

「『村づくり』……？」

「はい」

僕はそれから簡単にギフトの力について説明した。

ミリアとセレンから「スキルのことや、レベルアップでやれることが増えていくことは黙っておきなさい」と強く言われたので、その点については言わなかったけれど。

「そ、そんなギフトが……なるほど、だから領主様はルーク様をこの荒野に……？」

「いえ、僕のギフトにこうした力があるのが分かったのは、ここに送られてからです」

もし実家にいる頃に判明していたらどうなっていただろう？

そしたら追放なんてされなかったかもしれないけど……今はされてよかったと思っている。

ここでの生活はのんびりしていて楽しいしね。

やっぱり僕は、今のような戦乱の時代に向いてないと思う。

その後、ダントさん一行に歓迎の意を示すため、僕は村人たちにお願いして、広場で盛大な宴会を行うことにした。

女性たちがオーク肉や畑で収穫した作物を使い、腕によりをかけて料理を作ってくれた。

「お、美味しい!?」

「それはよかったです。村で収穫した野菜を使っているんです」

「では、このお肉は……？」

「オーク肉ですね。森で狩ってきたものです」

「「オーク肉!?」」

ダントさんだけでなく、護衛の兵士さんたちからも驚きの声が上がった。

「結構オークが棲息してるみたいで、よく獲れるんですよ。だから遠慮なくたくさん食べてください」

「オークがよく獲れる……」

「き、きっとハッタリ……ハッタリのはず……」

なんだかまだ緊張しているようだ。

多分お酒を飲めば次第に解《ほぐ》れてくるとは思う。僕は飲めないから分からないけど、村の酒造所で作ったお酒は凄く美味しいみたいだし。

〈酒造所：お酒を製造するための施設。生産速度および品質向上。飲み過ぎには注意！〉

……確かに飲み過ぎには注意しないとね。

と、そのとき不意にミリアが前に出てきた。何だろうと思っていると、

「これより宴会の余興として、村の武芸自慢たちによる模擬試合を行いたいと思います」

え、なにそれ？　聞いてないけど。

まぁでも、確かに余興があった方が盛り上がるよね。そう思って傍観していると、『剣技』のギフトを持つバルラットさんとペルンさんが広場の真ん中に出てきた。

そして激しい剣戟《けんげき》が始まる。

目にも留まらぬ速さで繰り広げられる戦いに、次第に村人たちが熱狂し始め、立ち上がって声を張り上げる人まで現れた。

すごい、前にも二人が訓練しているところを見たことがあるけど、そのときよりさらに強くなってる気がする。

「「……」」

あれ？　ダントさんの護衛の兵士さんたちが、完全に食べる手を止めてる……？

「すいません、もしかしてお口に合わなかったですか？」

「い、いえいえっ！　そんなことありません！　とても美味しいです！　つ、つい、見入ってしまって……」

気になって声をかけてみると、隊長のバザラさんが慌てて首を振った。

そうか、同じ戦士だし、バルラットさんたちの戦いに意識が集中するのも当然だよね。

「ど、どう考えても『剣技』のギフト持ちだ……まさか、こんな村に二人も……？」

バザラさんが何やらブツブツ呟いているけれど、きっと戦士にしか分からないような分析をしているのだろう。

そんなことを考えている内に、二人の模擬試合が終了する。

すると今度は、また別の二人が出てきた。そしてバルラットさんたちと同様、みんなの前で模擬試合を披露し始める。

「……は？　ま、まだ他にも、ギフト持ちが……？」

村人の数が増え、当然ながらギフト持ちの人数も増えた。

だいたい全体の一割ぐらいなので、まだ潜在状態の子供も含めて百人ほどいる。

その中で武技系のギフトを有しているのは、今のところ二十四人。

子供や、体力の問題でギフトを活用できない高齢者を除けば、十九人となる。

『剣技』や『槍技』、それに『斧技』の他にも、『格闘技』『鞭技』『弓技』『棒技』『合気技』などがあった。

そんな彼らが、次々とその武技を披露していくのだ。お酒が入っていることもあって、村人たちはさらにヒートアップしていく。

「すげぇぞ、鞭をまるで手足のように動かしてやがる！」

「いいぞ！　そこだ！　やっちまえ！」

「お兄ちゃん、カッコいい！」

その一方で、ダントさん一行は非常に大人しい。

真剣に見入っているからかな？　その割に顔色が悪い気もするけど……。

やがて武技の披露が終わると、今度は魔法系のギフト持ちが進み出てくる。

どうやら彼らも魔法を披露するつもりらしい。

武技系のギフトよりも魔法系のギフトの方が希少だ。そのためこの村にも、潜在ギフト持ちやセレンを含めても全部でたった八人しかいなかった。子供を除くと六人である。

「き、希少な魔法系ギフト持ちまで……一体、どうなっているんだ、この村は……？」

「大丈夫ですか？　やっぱり食事がお口に……」

「だだだ、大丈夫です！　大丈夫ですからご心配なく……っ！」

全然大丈夫じゃなさそうな顔で、バザラさんは首をブンブンと左右に振った。

◇　◇　◇

宴会が終わると、我々はとある場所へ案内された。

村長宅と瓜二つの、立派な邸宅である。

……私の記憶が確かなら、村の中を案内されたとき、ここにこんな建物はなかったはずだ。

恐らくギフトの力を使って新しく建てたのだろうが……本当にこんな一瞬で作ることができると

は。

「この家を使ってください。広いので、十分護衛の皆さんも寝泊まりできると思います」

「ありがとうございます、ルーク様」

我々はおっかなびっくり屋敷内に入る。

もちろんただのハリボテではなかった。中身もしっかりしており、それどころか家具や調度品などまで置かれている。

ちゃんと風呂やトイレなどもあって、とてもではないがギフトで生み出されたとは思えない。

「……率直に、この村のことをどう思った？」

ひとまずリビングのソファに腰を下ろした私は、対面に座るバザラに問う。

「異常、です。異常にもほどがあります……」

私と意見が完全に一致した。いや、むしろ一致しない人間がいるだろうか。

「……そしてダント様、一つ謝罪したいことが」

「謝罪？」

「村に着く直前、我らがいる限り、その身に危険が及ぶことはないと申し上げましたが……前言を撤回させてください」

熟練の戦士であるバザラが、引き攣った顔で告げた。

「……無理です。恐らく彼らに襲われたら最後、我が精鋭部隊でも一溜《ひとたま》りもありません。そして恐らく、残してきた兵力をすべて投入しても、この村を落とすことは不可能でしょう」

「そ、そうか……」

薄々勘づいてはいたが、どうやらこの村はもはや村と呼ぶには過剰すぎる戦力を有しているようだ。

「まさか、武技系のギフトや魔法系のギフトを持つ者があれだけいるとは……。ここの住民の大半は、西からの難民や我が領から逃げ出した村人たちだと聞いていたのですが……」

「祝福を……全員に受けさせたのかもしれない」

思い返してみれば、村に教会らしき建物があった。

なぜかそれだけ紹介されず、違和感を覚えてはいたのだが……。

「祝福を!?　しかし、神官はどこから……？」

通常、祝福を授けることが可能な『神託』ギフト持ちの神官は、すべて教会が管理している。

例外はない。なぜなら『神託』のギフトを授けるのもまた、教会だからだ。

だが、何らかの理由で、この村に例外がいるとすれば……。

「……ですが、ただの村人が祝福を受けたところで、これだけの数になりますかね？」

「分からぬ。平民に祝福を授けたところで、実際にギフトを与えられるのは一パーセントにも満たないと教会は主張しているが……もし、それが間違っていたとしたら？」

「っ……それは……」

万一、教会がこの村のことを知れば、きっと黙ってはいないだろう。

この戦乱の世でも、やはり教会は一定の勢力を保っているからな……。

「それで、ダント様はこの村のことをどうされるおつもりですか……？　やはり、まずは領主様にご報告を？」

「いや……報告は、しない」

「なっ？」

私の言葉にバザラが目を丸くする。

「ご領主様は今、次の戦いのためにお忙しくされており、領内の政治をほぼラウル様に任せていらっしゃるそうだ。無論、家臣をサポートに付けてはいるはずだが」

恐らくシュネガー侯爵家との戦いに勝ったあかつきには、その地をご領主様自身が治め、現在のアルベイル領に当たる一帯は、ラウル様に一任するおつもりなのだろうと、私は睨んでいる。

「つまり私の報告はまず、ラウル様の耳に入る。そしてそのラウル様は、ずっと腹違いの兄であるルーク様を目の敵《かたき》にされてきたと聞く。ご領主様がルーク様の現状を知ることを、ラウル様はよく思われないはずだ」

『剣聖技』のギフトを継ぎ、このままいけば確実に次期領主の座が手に入るところなのだ。

それが下手をすれば、ルーク様に奪われてしまいかねない。

「ご領主様に知られる前に、この村を潰そうとされるかもしれぬ」

この村にとって、教会の存在も危険だが、それ以上の脅威がラウル様であることは間違いないだろう。

「し、しかしダント様、もし秘匿していたことが発覚したら……」

「……」

私はアルベイル家に仕える代官だ。

万一この独断がバレてしまったなら命はないだろう。

「それでも、私はこの村に……ルーク様に賭けたい」

私は代官として、ずっと言われるがままこの地を治めてきた。

民たちが苦しんでいることを知りながらも、私は「仕方がないのだ」と自分に言い聞かせ、厳しく税を取り立て、時には武力で彼らを威圧してきたのである。

そんな、我が身こそが可愛く、小心者にも程があるこの私が、このような荒野の村で一世一代の大博打《おおばくち》をしようとは……。

「アルベイル家の次期当主に相応しいのはラウル様ではなく、ルーク様だ。そして間違いなくルーク様は、歴代最高の領主となられるお方だろう」

◇　◇　◇

「……」

ダントとバザラが話をしているリビングの床下。

そこに潜んで盗み聞きをしている人影がいた。

二人の会話次第では、二度とこの荒野から出ることができなかったかもしれない。

ダントの語った言葉のお陰で命拾いしたことを、彼らは知る由もなかった。

◇◇◇

「ダントさん、おはようございます。昨晩はよく眠れましたか?」

「ルーク様、おはようございます。はい、お陰様で」

翌朝、ダントさんはどこかすっきりした様子だった。昨日はあんまり顔色がよくなかったけど、もしかしたら単に長旅で疲れていたからかもしれない。

一方、ダントさん以上に顔色が悪かったバザラさんたち護衛の兵士たちも、昨晩よりはよくなった気がする。

「ルーク様、昨日は色々と驚くことが多過ぎて、言い忘れていたのですが……」

不意に神妙な顔つきになったダントさん。

何だろうと思っていると、

「北郡の住民たちを受け入れていただき、ありがとうございました」

「あ、はい……むしろ、すいません。結果的に住民を奪っちゃったわけで……」

「いえ、民たちが村を捨てて逃げねばならなくなったのは、私が不甲斐ないためです。責めるどころか、お礼を申し上げねばならない案件でしょう」

よかった。怒ってはいないみたいだ。

「それで……これは大変厚かましいお願いだとは承知しているのですが……もしよろしければ、我々に食糧を売っていただけないでしょうか？　実は現在、北郡では大規模な飢饉《ききん》が発生しておりまして……」

今年は作物があまり取れなかったらしい。

加えて増税だしね……。

この村にたくさん逃げてきたけれど、それはほんの一部で、飢餓に喘ぐ人たちがまだまだいっぱいいるそうだ。

今は戦争どころじゃないと思うんだけどなぁ。

「もちろん構いません。むしろ現状、余ってしまっているくらいなので助かります」

「ほ、本当ですかっ？」

「畑も増やそうと思えばもっと増やせますよ。それにうちの畑なら、恐らく冬でも収穫できるかと」

千人を超える村人たちの仕事は現状ほとんどが農作業だし、畑を増やしても労働力は十分だろう。

「とはいえ、我が北郡も資金難に苦しんでいるところでして……可能であれば、何かしらの物資との交換という形が嬉しいのです」

「いいですよ。ここはまだできたばかりの村なので、色々と不足しているものが沢山ありますから、こちらとしてもお願いしたいくらいです」

「あ、ありがとうございます！」

ダントさんは何度も頭を下げてきた。

彼の一族は元からこの地域を治めていたらしく、だから外から派遣されてきただけの代官と違って、民のことを思う気持ちが強いのだろう。

ただ、やっぱり代官として領主には逆らえないので、現状を歯痒く思っていたのかもしれない。

「でも、どうやって取引を？」

「私の方から信頼できる商会に声をかけ、商人をこちらに派遣させましょう。北郡各地に支部を持っている商会ですので、わざわざ役所を通すよりもスムーズに取引ができるかと思います」

「なるほど。分かりました」

取引するとしたら特に衣類がありがたいかな。

今この村はちゃんとした衣服を作れる環境にないため、みんな同じものを何度も繰り返し洗って着ているような状態だ。

できれば本格的な冬が来る前に、何度か取引をしたいとのことだった。

雪が積もってしまったら行商が難しくなっちゃうしね。

それからすぐにダントさんは村を発つこととなった。

もう少し滞在してはどうかと訊いてみたけど、早く戻って商会に話を付けたいのだという。

僕は外石垣の門までダントさんたちを見送る。

「ダントさん、ぜひまた遊びに来てください」

「もちろんです。……次に来るときには、どれほどの村になっているのか楽しみです」

「はは、たぶんもうそんなに変わらないですよ」

そうしてダントさんが馬車に乗り込もうとしたとき、僕はふとあることを思いつく。

「あ、そうだ。この荒れた荒野、馬車だと進み辛いですよね。道路を作りましょう」

「……はい？」

凸凹《でこぼこ》の荒野に、この村から真っ直ぐ伸びる道路を作成した。

遠くて見えないけれど、たぶん荒野の終わりまで続いているはずだ。

これで今後、商人が来るときにもガタガタな道に困らずに済むことだろう。

「あ、ありがとうございます……（この街道だけでも、普通は数年がかりの大工事が必要なものだが……そんなに変わらない、とは……？）」

第九章　エルフ

「セレンたちがまだ帰ってこない？」

その日、狩猟に出かけたセレンたちが、夕刻になっても村に戻ってこなかった。

最近、かなり陽が短くなってきているのですでに周囲は薄暗い。

大丈夫かな？　狩猟隊は人数も増え、以前よりさらに実力も付けてきていると聞いているし、きっと少し遅れているだけだと思うけど……。もしかしてまた大物狩りに成功して遅れているのだろうか。

やがて太陽が完全に沈んで真っ暗になり、さすがに不安になってきた頃だった。

元盗賊のサテンから、どうやら狩猟隊が帰ってきたらしいとの報告を受ける。

ただ、人数が足りないという不穏なことを言い始めた。

『三分の一ほどでしょうか……』

『も、もしかして何かあったのかな？』

僕は慌てて、森から一番近いところにある外石垣の北門へと走った。

門が開いて、狩猟隊が入ってくる。ざっと見渡してみたけれど、セレンの姿がない。

先頭のバルラットさんに、僕は思わず詰め寄った。

「な、何かあったの!?　セレンや他のみんなは……」

「すいません、村長。心配しなくて大丈夫です。セレン隊長はもちろん、みんな無事ですので」

バルラットさんの言葉に、僕はホッと胸を撫でおろした。

「ええと、それならみんなは一体どこに？」

「実はですね……」

それからバルラットさんは、今日の狩りの際に起こった一部始終を話してくれた。

「いつものように狩りをしていたら、森の中から怒号や悲鳴のようなものが聞こえてきました。こんな魔境の森に人がいるのか……と不審に思いつつも、我々がその場所に行くと、そこには暴れ狂う熊の魔物マッドグリズリーの群れ、そして……エルフと思われる集団が、死闘を繰り広げていたのです」

「え、エルフ!?」

エルフというのは、僕たち人間の近縁種とされている。

長く尖った耳を持ち、非常に長命で、そしてその多くが美しい容姿をしているという。

昔は人との交流もあったらしいんだけれど、色々と迫害されたりその見た目ゆえに酷い目に遭ったりして、今ではすっかり交流が途絶えてしまっているそうだ。

こんな魔境の森の中にそのエルフがいたなんて……？

「マッドグリズリーの群れに苦戦していた彼らに我々が加勢し、どうにか全滅させることができました。ただ、我々の方はほとんど無傷だったのですが……エルフの多くが酷い傷を負っていまして……。彼らは森の中に築いた集落で暮らしているようなのですが、このまま負傷者を抱えて帰還するのは危険が伴うだろう——そこでセレン隊長が申し出たのです。集落まで自分たちが同行する、と」

何の報告もなく自分たちが帰って来なかったら、きっと僕が心配する。そう考えて、バルラットさんたち数人だけを帰還させることにしたという。

「じゃあ、今セレンたちはエルフの集落に？」

「そのはずです。夜の森は危険ですので、恐らく明日には戻ってくるかと」

エルフの集落か……どんなところなんだろう？

何はともあれ、セレンたちが無事そうでよかった。

翌日、セレンたちが帰ってきた。

あれ？　でも見慣れない人たちを連れている？　と思ったら、エルフたちだった。

「貴殿が村長のルーク殿か？」

「あ、は、はい」

進み出てきた一人のエルフに声をかけられ、僕は上ずった声で返事をする。

エルフと話をしたことなんて初めてなので、緊張してしまったのだ。

「私の名はフィリアヌス＝メル＝レボーレ＝レオニヌス＝セレネラーレという」

長っ!?　絶対覚えられないよ！

「長いのでフィリアと呼んでくれ」

「た、助かります」

フィリアさんね。これなら覚えられる。

彼らはエルフの戦士なのか、革製の鎧に身を包み、背中に弓矢を背負っていた。

聞いていた通り全員が美形ぞろいだけれど、中でもフィリアさんはキリッとした美しい眉と高身長も相まって、カッコ良さも兼ね備えている。

「この度は貴殿の村の方々に大変お世話になった。そこで族長に代わり、直接お礼を申し上げるべく参上させてもらった」

「そうなんですね。わざわざすいません。何もない村ですけど、ぜひゆっくりしていってください」

そうして僕は、村に初めてエルフを迎え入れたのだった。

「あれがエルフか……」

「すげぇ美人ぞろいだ……」

「いや、あの中には男のエルフもいるはずだぞ」

「え？　マジか。あれで男なのか……？」

突然やってきたエルフたちが珍しいようで、話を聞きつけた村人たちが続々と集まってくる。

「ちょっと、あんたたち。あんまりジロジロ見るんじゃないわよ。見世物じゃないんだから」

「「……す、すいません」」

セレンがそれを咎《とが》めると、村人たちは慌てて下を向いたり明後日の方を向いたりする。

しかしやはりエルフに興味津々らしく、横目でその動きを追いかけていた。

「申し訳ないわね、フィリア」

「いや、セレン殿、気にしなくていい。我々の里に案内したときも、似たようなものだったからな」

どうやら二人はすでに打ち解けているらしい。

他のエルフたちは警戒したり緊張したりしているようだけれど、フィリアさんだけは注目を浴びてもどこ吹く風とばかりに堂々としている。……すごく男前だ。

「それにしても、いつの間にこんな荒野に村が……？　作物など育たない場所だったはずだが……。あの巨大な塊は何だ？　まるで家らしきものが見当たらないが……」

「あれが家なんです。一応マンションと言って、簡単に言うと幾つもの家屋がくっ付いた形の、集合住宅になっているんです」

「まんしょん？　人族は不思議な家に住んでいるのだな」

「いえ、あれはこの村特有のものです」

ひとまず僕は彼女たちを村長宅、つまり僕の家に案内した。

門を潜って庭に入り、村人たちの視線が途切れると、フィリアさん以外のエルフたちは明らかにホッとしたような顔をする。

「安心してください。ここは僕たちだけなので」

エルフたちを迎えるこちら側は、僕とセレン、それからミリアの三人だけだ。

護衛のため狩猟隊から何人か来てもらってもいいかなと思ったけれど、フィリアさんたちを信頼することにした。

僕たちに危害を加える気はないだろう。マップを確認してみても、赤い点は表示されていないしね。

「気遣いに感謝する」

こちらの意図に気づいたようで、フィリアさんが礼を言ってくる。

「正直、我々は人族に対してあまりいいイメージを持っていなかった。だが、少なくとも貴殿らは信用できるようだ。いや、恩人にこのようなことを言うのもどうかとは思うが」

「気にしないでください。悪い人がいることは確かですし、過去にはエルフの皆さんを苦しめたこともあると聞いていますから」

それからリビングに案内し、ソファに座ってもらおうとしたとき、僕はあることに気づいてしまう。

そして恐る恐る提案した。

「……あの、よかったら先にお風呂に入りませんか？」

はっきりとは言えないけれど……フィリアさんたち、結構身体が汚くて……その、に、ニオイもちょっと酷い感じだったのだ。

同じことを思っていたのか、セレンが即座に同意する。

「それがいいわね！　この村、いつでも温かいお風呂に入ることができるのよ」

「なるほど……確かに、村人たちが随分と清潔なように感じたが……」

詳しく聞いてみると、どうやらエルフの集落にお風呂などないらしい。近くを流れる川で水浴びをし、汚れを落としているそうだ。

「ただ、やはり冬が近づいてくると、身体を拭くくらいになってしまう」

寒いもんね。

「し、しかし、フィリア戦士長、さすがに無防備すぎるのでは……」

「問題ない。どのみち彼らが我々を害そうという気なら、そのような手を使わずとも簡単なことだろう」

ちょっと警戒されちゃったみたいだけれど、フィリアさんが部下の進言を一蹴する。

「ええと、男性用のお風呂はこっちです。女性用はセレンに案内してもらってください」

一応この屋敷には露天風呂が二か所あるのだ。元から付いていたお風呂もある。

驚くべきことに、彼らのうち半分が男性だった。

見た目じゃ全然分からなかったよ！

美形なだけじゃなく、体格も女性とほとんど変わらないからね。一番背が高いのはフィリアさんだし。

そうして僕は男性陣を露天風呂へと連れていった。

「こんな外にお風呂が……？」

「池ではないのか？」

「いや、湯気が出ているぞ？」

驚く彼らを促して服を脱いでもらいつつ、僕も裸になった。一緒に入った方が警戒を解いてもらえそうだからね。

と、そこへ。

「ふむ、あれが露天風呂か。開放的でよいな」

「でしょ？　毎日あれに浸かるだけで、一日の疲れがすべて吹き飛ぶのよ」

なぜかフィリアさんたち女性陣までこっちにやってきた。

「ちょっ、何やってんの!?」

「気にしなくていいぞ。我々エルフは男女の差異が少ない。それに皆が兄妹のようなものだから、水浴びの時も男女関係なく裸を晒している」

とか言いながら、服を脱ぎ始めるフィリアさん。

「その文化は人間にはないから！」

慌てて顔を背けつつ叫ぶ。

いつもセレンやミリアと一緒に入ってはいるけど、だからと言って女性の裸に慣れているわけじゃない。

けれど僕の訴えなどお構いなしに、裸になったフィリアさんが湯船に浸かってきた。

他の女性エルフたちもそれに続く。

「「き、気持ちいい……」」

第一声がそれだった。

「これが露天風呂か……開放的で、気持ちよくて、しかも安全……素晴らしいな」

彼女たちを避けるように端っこへ移動しつつ、僕は訊ねる。

「川で水浴びって、やっぱり危険なの？」

「もちろんだ。川の中にも魔物が棲息しているからな。一応、魔物が苦手な液体を周囲に撒いてはいるのだが、それでも襲い掛かってくることがある。毎年、水浴び中に負傷する者が必ず出る。時

には死者も」

そりゃ、魔境の中にある川だもんね……。

「それにしても、こんなものが村中にあるとは……」

「露天風呂はここしかないけどね。一応各家庭に小さなお風呂が付いてるけど。もっと広いところに入りたければ、二つある公衆浴場に行ってもらってるんだ」

露天風呂がよほど気に入ったのか、フィリアさんたちはそれから一時間近くも湯船に浸かっていた。のぼせちゃうので、僕は先に出させてもらったけど。

そうして綺麗になってもらったところで、再びリビングへと案内する。

「マッドグリズリーはあまり群れを作ることがないのだが、一体でもオーク数体分に匹敵する凶悪な魔物だ。もしあのときセレン殿たちが加勢に来てくれなければ、もっと大きな被害が出ていただろう。改めて礼を言いたい」

すっかり警戒心が解けた他のエルフたちと一緒に、フィリアさんが深々と頭を下げてきた。

「その後も負傷者の運搬などを手伝ってくれたお陰で、死者も出ずに済んだのだ」

「それはよかったね」

「これはほんの感謝の気持ちだ。ぜひ受け取ってほしい」

そう言ってフィリアさんが手渡してきたのは、容器に入れられた十本ほどの小瓶だった。

中には液体らしきものが入っている。

「これは……まさか、ポーション？」

ポーションは幻とさえ言われる治療薬だ。

飲めば、自然治癒などより遥かに早く身体の傷が癒えるという。

でもその製法はすでに失われており、今では過去に作られたものが僅かに残るだけだとされていた。

「我々エルフ族には代々、ポーションの製法が伝わっているのだ」

「こ、こんな貴重なもの、貰っていいの……？　しかも十本も……」

「同胞の命を救ってもらった感謝として当然だ。幾らポーションでも、失われた命を救うことはできないのだからな」

その後、僕たちはフィリアさんたちを村の食事で持て成すことにした。

あまり村人たちに注目されるのは嫌だろうと思って、代官のダントさんたちの時とは違い、僕の家のリビングでの食事会だ。

「すまないが、食事の前にお手洗いを借りてもいいか？」

「もちろん。そこの廊下に出てすぐのところにある扉だよ」

廊下に消えていくフィリアさんを見送って、しばらく経ったとき。

「ぬあああああああっ!?」

突然、トイレの方からそんな声が聞こえてきたので、何事かと思った。

でも多分フィリアさんの声だ。

慌てて廊下に出ると、ちょうどトイレからパンツを足元まで下げ、下半身を露出させた状態のフィリアさんが飛び出してくるところだった。

「ちょっとフィリアさん!?」

「お、お尻を!?　お尻をいきなり攻撃された!?」

「ええっ？」

遅れて他のエルフたちが駆け寄ってくる。

「戦士長!?　くっ、まさかトイレに罠が仕掛けられていたのか!?」

「よくも戦士長を！」

お尻を押さえながら廊下にひっくり返るフィリアさんの姿に、憤るエルフたち。

僕はトイレの中を覗き込んで、そこでようやくこの状況の原因を理解した。

「ち、違う違う！　このトイレ、あそこのボタンを押したら水でお尻を洗ってくれる機能が付いてるんだ！」

「「え？」」

「なるほど、あれはその、うぉしゅれっと？　なる機能付きのトイレで、私が不用意にボタンを押してしまったがために、水が発射されたというわけか」

「う、うん……ちゃんと先に説明しておくべきだったよね……」

フィリアさんたちが驚いたのも無理はない。

この世界には「ウォシュレット」のトイレなんて、存在しないのだから。

実家にいた頃は、トイレで大をした後は麻などの布の切れ端を使ってお尻を拭いていた。

ただそれができるのは比較的裕福な貴族だけで、一般庶民は枯葉や棒切れなんかを使ったり、あらかじめ汲み置いた水で洗ったりしているという。

この村では繊維が貴重なので、家屋・小や家屋・中の頃は、その水で洗うやり方をしていた。

けれど家屋・大になってから、トイレが進化したのである。

どうやら村人たちが住むマンションの各部屋のトイレもすべて、このウォシュレットらしい。

温かい水を出すことも可能で、みんな非常に喜んでくれていた。

「村人全員が……う、羨ましい……」

「あはは、確かに便利だよね」

「いや、便利なのもそうだが……それ以上に……」

「……？」

それ以上に……？

「そ、そんなことより！　あのトイレ、一体どうやって作っているのだ？」

「それが、僕にも分からなくて。この家もお風呂もそうだけど、全部ギフトで生み出したものだから」

「ギフトで？」

「そう言えば、まだ話してなかったね」

僕は簡単に『村づくり』ギフトのことや、この望まれないギフトを授かったせいで実家を追い出され、この荒野を開拓する羽目になったことなどを説明する。

「……どう考えても有用なギフトだろう。貴殿の実家は阿呆なのか？」

「向こうにいるときには分からなかったから。誰も所有していない土地じゃないと、このギフト、発動しないみたいで」

まぁこのギフトの力を知ったら、戻ってこいって言われるかもしれないけど……。

もちろん戻る気なんてさらさらない。

「くっ、しかし、そうか……ギフトの力となると、里にあのトイレを持っていくことはできないのか……」

悔しそうに唸るフィリアさんだった。

せっかくなのでその日は村に一泊してもらった。人数が少ないので、ダントさんを泊めた来客用の家屋は使わず、そのまま僕の家に泊まってもらった形だ。

そして翌日の朝。

「もう一日くらい泊まっていってくれてもいいんだけど」

「さすがに里の者たちが心配しますので」

「確かにそうか。でも、またぜひ遊びにきてね」

「もちろんです。美味しい料理に温かいお風呂、清潔な住環境……こんな素晴らしい村、何度でも遊びに来たいです」

名残惜しそうにしながらも、彼女たちはこの村を出発することとなった。

最初は警戒していたけれど、今ではフィリアさん以外もすっかり打ち解けて、この村のことを気に入ってくれたみたいだ。

特にお風呂がよかったらしくて、昨日の夜にもう一度、さらに今朝も早く起きて入っていたほど。

「あれ？　そのフィリアさんは？」

「戦士長なら先ほどトイレに行くと言ってましたが……」

トイレか。

そう言えばフィリアさん、昨日から何度もトイレに入っている気がする。

もしかしてお腹を壊しちゃったのだろうか？　心配になって、僕は様子を見に行くことに。するとトイレの中から、何やら声が聞こえてきた。

「んっ……はぁ……っ……き、気持ち、いいっ……んぁっ！　そ、そこっ……あっ……んはぁぁ

「……っ！」


僕は無言で回れ右する。うん、何も聞かなかったことにしよう。

しばらくすると、やたらとすっきりした顔のフィリアさんが出てきた。

「さて、それでは世話になったな。また遊びに来ても構わないか？」

「も、もちろんだよ……」

努めて平静を装いながら頷く僕。

僕は何も聞いていない……何も聞いていない……。

そうして最後は村人総出で見送り、エルフたちは森へと帰っていったのだった。

第十章　大猟オーク肉

フィリアさんたちが帰ったのと、ほぼ入れ替わりになるようなタイミングで、ダントさんが言っていた商人の一団が村にやってきた。

「ほ、本当に荒野に村があったとは……」

「噂は間違いじゃなかったんだな……」

「何だ、あの建物は……？」

目を丸くしている彼らに、僕は挨拶する。

「初めまして。僕が村長のルーク＝アルベイルです」

「この一団を取りまとめているブルックリと申します。……それにしても、素晴らしい村ですね。正直ここに来るまでは実在すら疑っていたのですが……」

ブルックリさんは三十半ばの小柄な男性だ。

北郡でも有数の商会とされるケイン商会の創業者一族で、この若さで副商会長を務めているという。……そんな人がわざわざこの村に？

彼らが運んできてくれたのは、主にこの村で不足している物資だ。

特に、衣類、生活雑貨、作物の種子、薬草類、それから調味料などである。

一方、こちらが提供できるものはというと、畑で収穫した作物くらいしかない。

オーク肉は高く売れるだろうけど、村人たちが「それは絶対に売らないでください！」って懇願してくるから……。どれだけオーク肉が好きなのか。まぁ美味しいけど。

とはいえ、その作物が今、最も必要とされているのだ。

「こんな大きな野菜、初めて見ましたね……」

「あ、試食してみますか？」

「よろしいのですか？」

商人たちが集まってくる。

「虫食いもないし、見た目は綺麗だが……」

「大きく育てるだけならそれほど難しくはない。だが大抵、とても食えたものじゃなくなってしまう」

「そもそもちゃんと中身は詰まっているのか？」

通常の何倍ものサイズの野菜を前に、半信半疑な商人たち。代官からの依頼とはいえ、自分の目でしっかり商品を見極めようとする姿勢に、商人としての矜持《きょうじ》が感じられた。

「「「う、美味い!?」」」

「瑞々《みずみず》しい上に、なんて甘さだ……」

「しかも普通この季節には収穫できないものだぞ……？」

そんな彼らが村の作物を絶賛してくれたので、ちょっと嬉しい。

「大きい上に、高級品にも勝る味……それがこんな荒野で……」

「どうですかね？」

「予想以上でした。もちろん喜んで買わせていただきます」

それから軽く交渉し、ざっくりと販売金額を決めた。

その結果、思っていたよりはるかに高値で買い取ってもらえることに。

お陰で彼らが持ってきた商品も、すべて買うことができそうだ。

「村に必要かどうかは分からないですけど、特産物なんかも含めて、持ってきていただいたものは全部買いますよ」

「え？　よろしいのですか？」

「はい。食べ物に困ってる村が多いと聞いてますし、少しでもその助けになればと思いますので。それでも生活が苦しいようなら、この村のことを教えてあげてください。いつでも移住を歓迎しています」

「……」

ブルックリさんがまじまじと僕の顔を見てくる。

「？　どうかされましたか？」

「い、いえ……ふと、貴族がルーク様のような方ばかりなら、きっと庶民ももっと豊かな暮らしができるようになるだろうにと、思ってしまいまして……はっ、も、申し訳ございません、今のは決して、侯爵を悪く言っているわけではなく……」

「ははは、気にしないでください。僕も父上のやり方を決していいとは思ってませんので」

「……」

「でも、僕はただの村長ですから。領主にはなれないし、なる気もないですよ」

そうして初めての取引が終わると、休む間もなく彼らは帰っていった。品物が品物だし、すぐに各地に売りにいく必要があるからだ。

ちなみに今回購入したのは、実は物資だけではなかった。

「も～」「め～」「こけこここ」

牛や山羊、それに鶏といった家畜たちだ。ミルクを飲みたいし、卵も欲しいからね。

「はいはい、これからここが君たちのお家だからねー」

彼らを家畜小屋へと連れていく。

〈家畜小屋：家畜専用の小屋。家畜たちの成長促進、健康維持、繁殖力強化〉

もちろんギフトで作った施設だ。気に入ってくれるといいんだけど……。

「もーもーもーっ！」

「めーめーめーっ！」

「こっけこっこーっ！　こけけけけっ！」

「わっ？　ど、どうしちゃったの急に!?」

中に入った途端、いきなり興奮したように小屋の中を駆け回り始めた。

「どうやらこの家畜小屋のことを気に入ったようっすね！」

「あ、君は確か……」

「はいっす。『動物の心』というギフトを授かったネルルっす！」

ネルルは僕の一つ年上の女の子で、動物の気持ちが分かるギフトを与えられていた。

「じゃあ、この子たちのこと、君に任せちゃってもいいかな？」

「もちろんっす！　いっぱい繁殖させて、ミルクと卵をいっぱいとれるようにするっす！」

ちなみにこの家畜たちを食用にする予定はない。オーク肉があるからね。

◇　◇　◇

「だ、ダメだ……っ！　このままでは突破されてしまう……っ！」

「里に侵入されたら一巻の終わりだぞ!?」

飛び交う怒号と悲鳴。魔境の森の奥深くに築かれたエルフたちの集落に今、大きな危機が迫っていた。

　里を魔物から守るべく作られた石造りの防壁が、群れを成す豚頭の巨漢たちによって今まさに突破されようとしているのだ。

「その前に里を捨てて逃げるしか……」

「逃げるって、どこに逃げるんだよ!?　餓えた奴らはどこまでも追いかけてくる！　我々を一人残らず食らい尽くすためにな！」

「じゃあ、どうしろってんだ！　このまま奴らの侵入を許し、今すぐ死ねっていうのかよ!?」

　普段は温厚なエルフたちも、死の危機を前にして我を忘れたように怒鳴り合う。

　そんな中、一人のエルフが声を張り上げた。

「すぐさまここから脱出する！　南だ！　南は奴らの包囲が薄い！　戦士たちを先頭に包囲網を突破し、一気に駆け抜けるのだ！」

　里の戦士たちをまとめる戦士長、フィリアだ。

　有事には族長よりも強い権限を持つ彼女の命を受けて、エルフたちは一斉に走り出す。

　やがて防壁を破壊してオークの群れが突入してきたときには、彼らはすでに南門から脱出していた。

　予想通り南側のオークの包囲は薄く、戦士たちを先頭にして一気にそれをぶち破る。

「しんがりは我々が務める！　とにかく走れ！」

オークの首を矢で射貫きながら、フィリアは声を張り上げた。

しかし聡明なエルフたちの多くは、この逃走の先に希望がないことを悟っていた。

なぜなら追いかけてくるオークの数は圧倒的で、そのうち呑み込まれてしまうことは明らかだったからだ。

長命種である彼らは子供が少なく、また高齢になっても人間のように歩けなくなるようなことはほとんどないが、それでも彼らが足手まといになってしまっている。

無論、同胞を置いていくなどという選択肢は高潔なエルフたちにはない。

(いや、希望はある……っ！　森を抜けて、荒野に辿り着ければ……っ！)

思い浮かぶのは、つい先日訪れた荒野の村。

たった半年で築き上げられたなど、とても信じられないくらい快適で、堅固な村だ。

エルフたちにとって、人族にはあまり良い印象がない。

だがその村の住民たちは、とても温厚で優しく、信頼できる者たちだと、フィリアはたった一度の訪問で確信していた。

そして何よりも彼女の心を摑んだのが、あのトイレ――ではなく、村長の少年だ。

(彼には悪いが、あの村に助けを求めるしかない……っ！)

共にあの村を訪れたエルフの一人に、フィリアは命じた。

「リュート！　貴殿は先を急いで、あの村へこのことを伝えてくれ……っ！」

「わ、分かりました！」

彼女の意図を瞬時に察して、そのエルフが全速力で走り出す。

その後ろ姿をちらりと見送ってから、フィリアはすぐさま新たな矢をつがえ、迫りくるオークの喉首を狙って射放つのだった。

◇　◇　◇

ケイン商会の人たちが各地で宣伝してくれたからか、あれから移住者の来村が後を絶たなかった。

もちろん村を訪れる人が増えれば、おかしな人もやってきてしまう。

ただ、危険な人の場合、マップ上に赤い点で表示されるので簡単に見つけることができた。

念のため、村人鑑定も使って確かめておく。

デルト
年齢：32歳
愛村心：反逆
推奨労働：肉体労働
ギフト：なし

「反逆ってなってるから分かりやすいよね。はい、この人は更生施設に入れておいて」

「畏まりました、村長」

「は!?　更生施設って何だよ!?　おい、放せ！　どこに連れていきやがる!?」

ぎゃーぎゃー喚《わめ》く男が、元盗賊——現衛兵たちによって無理やり引っ立てられていく。荒事に慣れた彼らにぴったりな仕事だ。

と、そこへ。

『村長、森からエルフらしき人物がこちらに向かってきています』

『エルフが？』

『何やら随分と慌てている様子です』

何だろう？　もしかして先日の忘れ物……なんてことはないよね。

『こちらから念話で話しかけてみましょう』

ちなみに『念話』ギフトを持つサテンは普段、村の中央に設けられた物見塔にいる。

物見櫓《やぐら》をグレードアップしたもので、この上からだと視力アップの効果もあって、森の近くまでばっちり見えるのだ。

各所に散らばった衛兵たちといつでもやり取りできるし、リアルタイムで村の状況を把握することも可能だった。

しばらく待っていると、サテンから追って報告がきた。

『どうやら我々の村に助けを求めているようです』

『え？』

◇　◇　◇

「戦士長！　先頭が森を抜けたようです！」

「はぁ、はぁ、はぁ……そうか……っ！　よし、我々も退くぞ！」

逃げる同胞たちのしんがりを務め、どうにかオークの群れを抑え込んでいたフィリア率いるエルフの戦士たち。報告を受けるなり、一気にその場から撤退した。

やがて彼女たちも森を抜け、荒野へと辿り着く。

遅れてすぐにオークの群れが森から飛び出してきた。

「「ブルアアアアッ‼」」

「頑張れ！　あと少しだぞ！」

「あの城壁を目指して走り抜けろ！」

そう声を張り上げ、同胞たちを叱咤《しった》するエルフの戦士たち。

しかしそこで予期せぬ誤算があった。

　ここまでは小柄で身軽な身体を活かし、森の地形を上手く利用しながら戦ってきたが、この先は開けた荒野である。草木が邪魔になり、真っ直ぐ走ることも難しかった大柄なオークたちの方が、むしろ有利な環境となったのだ。

（しまった……もう少し森の中で粘るべきだったか……）

　今さら後悔しても後の祭りだ。

　障害物がなくなったことで、オークの群れが怒濤《どとう》の如く押し寄せてくる。

　元から数で勝るオークの群れを、もはや疲弊し切ったエルフの戦士たちでは抑えきることなど不可能だろう。

（くっ……ここまでか……っ！　だが少しでも時間を稼ぐ！　そうすれば、何人かはあの村に辿り着くことができるはずだ……っ！）

　最後まで戦士として戦い抜くことを誓うフィリア。

　そんな彼女に、数体ものオークが同時に躍りかかってきた。

（……願わくは、最後にもう一度、あのトイレを使いたかった……）

　人生の最後にしてはあんまりなことを願いながら、襲いくる巨軀の群れを前に自らの死を覚悟した、次の瞬間。


ズゴゴゴゴゴゴゴッ!!

「っ!?」

「「ブゴッ!?」」

突然、彼女とオークの間を隔てたのは、どこからともなく現れた石垣だった。

勢い余ってそれに激突したらしく、向こう側からオークの悲鳴が聞こえてくる。

「な、何だ、これは……？　いや、この石垣は、あの村の……」

その石垣は、逃げるエルフたちと、迫りくるオークの群れを完全に分断していた。

「戦士長！　今のうちに！」

「あ、ああ」

ともかく命拾いした。

思わずその場に立ち尽くしていたフィリアは、すぐに踵《きびす》を返して逃走を再開する。

そのとき弓の名手である彼女の目が、遥か遠くからこちらを見つめる人物を捉えた。

村の中心に聳《そび》え立つ物見塔の上だ。

「ルーク殿……貴殿のお陰で助かった」

少年に感謝の言葉を呟きながら、フィリアは村へと急いだ。

◇　◇　◇

「危ないとこだったね」

村の中心にある物見塔の最上階。

そこで僕は、オークの群れに追われるエルフたちを見ていた。物見塔の持つ特殊効果で、遠くてもはっきりとその姿を確認することができる。

しんがりにいたフィリアさんたちが、餓えたオークの群れに呑み込まれそうだったので、僕は慌てて石垣を作成。どうにか両者を分断することに成功したのだ。

一見すると村はこの外石垣で囲まれた領域だけのように見えるけれど、実はすでにその遥か外側にまで広がっていた。

なので、あんな森から近い場所に石垣を作り出すこともできちゃうのだ。

「それはそうと、どうしようかな……」

すでに先頭のエルフは村のすぐ近くに辿り着いているし、最後尾のフィリアさんたちもどうにか村に避難できるだろう。

問題は、果たしてこの村があのオークの群れと戦って勝てるのか、だ。

ここから見えるだけでも、オークの数は軽く百を超えている。

しかもまだ続々と森から出てきているような状態だ。

こちらの村で戦力になれるのは、狩猟隊と衛兵たちを合わせても数十人だけ。

護る側の方が有利と言っても、あれだけのオークを相手にできるとは思えない。

「うーん……そのオークは今作った石垣をあっさり破壊しちゃってるし……。石垣を幾つも作ったり、物凄く大きな水堀を作ったりして、十分疲弊させておいてから戦うとか？　でもオークって体力めちゃくちゃありそうだよね……」

と、そこで僕はあるアイデアを思いつく。

「この方法なら一網打尽にできちゃうかも……？」


物見塔から降りた僕は、外石垣に設けられた北門に近い場所にやって来ていた。ちなみに門は木造門からグレードアップして、今はより堅牢な城門になっている。

〈城門：門塔と二重の落とし格子付きの強固な門〉

とはいえ、あれだけのオークが相手では心許ない。

「一体どうするつもりなのよ？　幾ら私たちでも、あれだけの数のオークを倒すことはできないわ」

さすがのセレンも不安そうだ。

今もサテンから報告を受け続けているけれど、オークの数はざっと二百を超えているらしい。

そんな大群を相手にしようと思ったら、恐らく熟練の兵士が最低でも千人は必要だろう。

こちらに戦闘系のギフト持ちが多いと言っても、激突したら一溜りもなかった。

この未曽有の危機を前に、セレンですら狼狽《うろた》えているくらいだ。村人たちはもっと動揺しているに違いない。

……だからこそ、村長である僕くらいは堂々としていないと。

「そうだわ。石垣をもっと高く厚くして、入って来れないようにしたら……。もちろん門も石垣で完全に封じて……」

「確かにその手もあるかも」

通常の石垣だと、破壊されたり乗り越えたりされる。でも施設カスタマイズを使って巨大化させれば、さすがのオークも村の中に侵入できないはずだ。

ただその場合、オークに村の周囲を包囲され続けることになってしまう。

まぁ、食糧は村の中で生産しているわけだし、幾らでも籠城できるんだけど。

「僕に任せておいて。他にもっといい案があるんだ。ええと、北門を開けて！」

北門を守護している衛兵たちに命じ、落とし格子を上げさせた。

きっと彼らはエルフたちを村の中に保護してから、門を閉めると思っているだろう。

「門はそのままでいいから、そこから離れてて！」

「「……？」」

困惑気味の彼らを下がらせると、僕は北門から畑側に伸びてくる形で、二つの長い石垣を作成した。

ちょうど二つの石垣に囲まれ、一本の道ができるような格好だ。

「もしかして、これで一度に戦う数を減らそうっていうの？　確かに、オークが五体くらいまでならまともに戦えるでしょうけど……でも、きっと体力が持たないわ」

「そうじゃないよ、セレン。あ、来た来た」

そこへやってきたのは、この村の若い男性たちだ。

女性の方が多いと言っても、今や千人を超えるこの村には、成人した若い男性だけでも三百人近くいる。

そんな彼らが手にしていたのは、僕が施設カスタマイズで大量生産した槍だ。

「まさか、彼らに戦わせようって言うの!?　無茶よ！　オークが相手じゃ、何人いたって何の戦力にもならないわ！」

「いや、心配しないで。普通に戦わせるわけじゃないから」

そうセレンを宥《なだ》めてから、僕は彼らに声をかける。

「みんなにも手伝ってもらいたいんだ」

「お任せください！」

「この村のためなら命を投げ出す覚悟です！」

「刺し違えてでも、オークを仕留めてやりましょう！」

「そ、そこまでの覚悟は要らないから……」

そうこうしている内に、エルフたちが北門を潜り抜け、即席の一本道を走ってきていた。

僕がかなり邪魔をしたので、オークの先頭が来るまでは少しの余裕がある。

やがてエルフたちが一本道を走り抜けてここまで辿り着いた。

「ぜぇ、ぜぇ……る、ルーク殿！　すまない！　貴殿らを巻き込むような形になってしまって……」

その中には息を荒くするフィリアさんの姿もあって、僕を見つけるなりいきなり謝罪してくる。

激戦を繰り広げてきたのか、あちこち傷を負ってはいるけど、見たところ致命的なものはなさそうだ。

「詳しいことは後で聞くよ。それよりお疲れのところ悪いんだけど、エルフの皆さんにも協力してもらいたいんだ」

「無論、何だってやろう！　ただ、まだ戦える者の数はそれほど多くないが……」

今、何だってって言ったよね？

「じゃあ、エルフの戦士の皆さんは、この位置に居てもらえるかな？　念のため、矢を放つ準備はしておいてね」

「オークをこの一本道に集めて、矢の雨を浴びせようというのか？　だが、さすがにその程度では……」

「それは今言った通り、あくまで念のためだから」

重要なのは、エルフたちを見える場所に置いておくことで、オークを上手くここまで誘導することだ。

要するに囮《おとり》なんだけれど、さすがにそれをはっきりと口にはしないでおく。

「じゃあ、槍を持ったら、この石垣に沿う形で、両側に広がっていってね！　できるだけ均等にお願い！」

そう村人たちに指示を与えたところで、ついに先頭のオークたちが北門からこの一本道へと入ってきた。

「これだけいたら、しばらく肉に困ることはなさそうだね」

◇◇◇

「ブルアアアアッ!!」

そのオークは餓えていた。

というのも、大量繁殖した同族たちのせいで、森の餌が枯渇してしまったからだ。

だから彼らはエルフの里を襲った。

防壁に護られたその場所が危険だと理解するだけの知能が彼らにはあるが、今なら群れの巨大さで押し潰せるだろうと考えた。

エルフの肉は正直言って不味い。

普段は捕まえても喰らうことは少なく、弄《もてあそ》んでから殺すだけだ。

だが今は餓えが勝っていた。

一刻も早くエルフを喰らい、この空腹を満たしたい。

その感情に突き動かされ、荒野まで連中を追いかけてきたのである。

そうしてようやく一匹のエルフを喰らえるかと思ったそのとき、目の前に石の壁が現れて彼を阻んだのだ。

「ブルアアアアアアアアッ!!」

怒り狂って石垣を破壊し、エルフの後を追う。

しかしあと少しというところで、再び目の前に石垣が出現してゆく手を阻む。

それが何度も何度も。

幾度となく邪魔をされ、もはや空腹と怒りはピークに達していた。

他のオークたちも同様の目に遭っており、このままでは共食いが起こりそうなほどだ。

最初はほぼ先頭を走っていた彼だが、いつの間にか後方にいた同族たちに追いつかれ、周囲は団子状態になっていた。

そしてその前に立ちはだかったのは、これまでのものより巨大な石垣だ。

これを破壊するのは、さすがの彼らでも骨が折れるだろう。

そう思われたが、よく見るとその石垣の真ん中が開いている。

どうやらそこから中に入ることができるらしく、逃げていくエルフの後ろ姿が見えた。

「「「ブルアアアアッ！！！」」」

一も二もなく、彼はそこへと突っ込んでいった。

同族たちも一斉にそれに続く。

両側を石垣に囲まれた、長く伸びる一本道となっていた。その遥か先には、ついに疲れて動けなくなったのか、エルフたちが息を荒くして座り込んでいる。

先頭集団から少しだけ遅れる形で、彼はその一本道を突き進んだ。

もうすぐエルフを喰らえる。不味い肉だが、気にせず喰えるだけ喰らい尽くしてやろう。

そのときだった。

ズズズズズズ。轟《とどろ》く地響きとともに、両側の石垣が動き始めたのだ。それも、この一本道が狭まっていくような形で。

「ブヒアッ!?」

あっという間に道が閉じていく。このままではどうなるか、頭の悪い彼にも分かった。

慌てて迫りくる石垣を殴りつけてみる。しかし、かなり分厚くできているようで、破壊することができたのは表面だけだ。

こうなったら閉じる前に走り抜けてしまうしかない。

同じことを考えたのか、先頭集団が加速した。

ビュンビュンビュンビュン！

「「ブギャッ!?」」

だがそこへ一斉に飛んできた矢が、彼らの身体を次々と射貫く。

エルフたちが矢を放ってきたのだ。

矢の雨に牽制されて動きが遅くなった彼らへ、両側から容赦なく石垣が迫ってくる。

ズズズズズズ。

そしてついには、オーク一体が通れないほど道が狭くなり――

「「ブ、ブヒイイイイイッ!?」」

◇　◇　◇

「はは……相変わらず貴殿は出鱈目《でたらめ》だな……」

「これで終わりじゃないよ。石垣に潰されたくらいじゃ死んでない個体も多そうだし」

呆然と呟くフィリアさんにそう言ってから、僕は村人たちに声をかけた。

「みんな、準備はいいかな!?」

「「おおおおっ！」」

威勢のいい返事が返ってくる。

その手に握られているのは、僕が施設カスタマイズで大量生産した槍だ。

彼らの多くは槍を扱ったことなどない。

でも今からやるのはとても簡単な作業だから大丈夫だろう。

「思い切り穴に突き刺せばいいだけなので！　それじゃあ、行くよ！」

僕はオークを挟み込んでいる石垣の各所に、施設カスタマイズを使って穴を開けた。

一斉に出現した無数の穴。

そこへ、石垣の外側で槍を構えていた村人たちが、勢いよくそれを突き入れていく。

「「「うおおおおおおおおおおおおっ!!」」」

「「「ブヒイイイイイイイイイイイッ!?」」」

これにはオークたちも一溜りもなかったみたいだ。

石垣と石垣の間から、断末魔の叫びが次々と轟いてくる。

まさに僕の作戦通り、オークの群れを一網打尽にできたのだった。

第十一章　オークの王

百体を超すオークの群れがこの村に迫ってきていると知った私は、絶望のあまり言葉を失い、その場にへたり込んでしまった。

最近よく狩猟隊がオークを狩ってくるため忘れそうになるが、あれは熟練の兵士が数人がかりでどうにか倒せるような危険な魔物だ。

もし以前いた村だったら、たった一体でも村が壊滅してしまうほどの脅威である。

しかも、そんな化け物が百体以上も……。

これを絶望と言わず、何と言えばよいのだろう。

「ベルリットさん……実はお願いしたいことが」

「お願い、ですか……？」

呆然としている私のところへやってきたルーク村長が、とんでもないことを言ってきた。

なんと村の男たちに武器を取らせ、村のために力を貸してほしいというのだ。

それはすなわち、命を賭けろということに等しい。

ただ、村長の顔を見ていると、不思議と胸の奥から勇気が湧き上がってきて——気づけば私は即答していた。

「……分かりました。やってやりましょう！」

「あ、もちろん直接オークと戦うわけじゃないよ？」

「ギフトもなければ、戦い方も知らない我々ですが、各々が刺し違えてでもオーク一体ずつを仕留めていけばいい！　そうすれば百体くらいあっという間です！」

「ええと、聞いてる？」

すぐに前線に向かうという村長に代わり、私は村の男たちを説得して回った。

だが説得するまでもなかった。誰もがすでに命を投げ出す決意を固めていたからだ。

みんなこの村に感謝しているのだ。

もしあのとき、運よくこの村に辿り着くことができなければ、我々はとっくに死んでいたかもしれない。

それが今では、何の不自由もなく快適な生活を送ることができている。痩せ細っていた妻子はすっかり元気な姿を取り戻した。断腸の想いで置いてきた老人たちも、この村に連れてくることができた。

何より我々を突き動かしたのは、いつだって優しいルーク村長だ。

聞けば、大貴族のご子息だという。なのに決して偉ぶることがない。我々のような庶民にも気さくに接してくれ、何か問題があればどんな些細なことでもすぐに対処してくださる。

庶民の声など無視し、領地を拡大することばかり考えている貴族たちとは大違いだ。

我々は村長のことが大好きなのである。

村長のため、そしてこの素晴らしい村を護るためならば——命など惜しいはずもない！

やがて我々の出番がやってくる。

「みんな、準備はいいかな!?」

「「おおおおおっ！」」

「思い切り穴に突き刺せばいいだけなので！　それじゃあ、行くよ！」

「「うおおおおおおおおおおおおおおおおっ!!」」

村長の号令に雄叫《おたけ》びで応じながら、我々は手にした槍を全力で穴へと突き入れた。

「「ブヒイイイイイイイイイッ!?」」

それだけで石垣に挟まれたオークたちから、断末魔の悲鳴が轟く。

「みんなありがとう！　上手くいったよ！」

……うん。

思ったより簡単なお仕事だったな……。

◇　◇　◇

「な、こ、こんなことが……？」

「石垣が動くなんて……一体、どうなっているんだ……？」

「と、とにかく、助かったのか……？」

エルフたちが呆然と呟いている。

ズズズズズズ。

再び石垣を動かして道を開けてみると、そこには無数のオークが死屍累々《ししるいるい》と転がっていた。

村人たちの槍がしっかりトドメを刺してくれたようで、動いているオークは一体もいない。

「彼らに槍を持たせたのはこのためだったのね……。確かにこれなら安全にオークを討つことができるわ」

セレンが呆れたような感心したような顔で言ってくる。

「最初はあの石垣越しに攻撃することも考えたんだけど、オークが動ける状態だとやっぱり難しいかなと思って。だから身動きが取れないよう、石垣で挟み込むことにしたんだ」

「あなたじゃないと絶対できない戦法ね……」

石垣を配置移動で動かせる速度は大よそ分かっていたけれど、タイミングを合わせるのがちょっと難しかった。

オークの群れを十分に奥まで誘導しないといけないし、でも遅すぎたら一本道を走り抜けてしまうし。

最終的にかなりギリギリになってしまったけど、エルフたちの矢で上手く調節することができた。

「ただ、少し生き残りが出ちゃったみたいだね」

後方にいたオークたちが北門から外に逃げたのだろう。門の向こうに何体かの姿を確認できた。

仲間を大量に殺されたからか、怯えて今にも逃げ出しそうだけど。

「あ、でも、一体が入ってきた」

そんな中、一体のオークが門を潜り抜け、仲間の死体で埋め尽くされた一本道へと足を踏み入れてくる。

……あれ？　なんかあのオーク、異様に大きくない？

距離があるから最初は分からなかったけど、明らかに通常のオークよりも巨大だ。

足元に転がっているオークたちの、軽く倍以上はあるだろう。

「グルオオオオオオオオオオオオオオオオオオッ！！！」

「「「〜〜〜っ!?」」」

仲間たちを虐殺された怒りを解放するかのように、そのオークが凄まじい咆哮《ほうこう》を轟かせた。

そして次の瞬間、信じられない速度でこちらに迫ってきた。

あれだけの巨体なのに、めちゃくちゃ速い！

フィリアさんが切羽詰まった声で叫んだ。

オオオオオオオ

「き、気を付けろ！　あれはただのオークではない！　恐らくオークキングだ！」

お、オークキング!?

万一領内で発見されたら、最低でも大隊規模の領軍が出動して、対処することになる超危険な魔物だ。

あれだけのオークが大量発生したのは、きっとこのオークキングの仕業だろう。

オークキングは巨大な群れを作り上げ、しかも統率して自分の手足のように動かすのだ。

とはいえ、じゃあ単体なら与しやすいかと言えば、そんなことないのはあの巨軀と速さを見ただけで分かる。

迫りくる威圧感だけでおしっこ漏らしそう……。

僕は慌てて石垣の道を閉じようとする。

でも、オークキングが速すぎてこのままだと間に合いそうにない。

そこで脱出口を封じるような形で、僕は新たな石垣を作り出した。これで奴は完全に閉じ込められ、先ほどのオークたちと同様、石垣に挟み込まれることになるはず。

ズゴオオオオンッ!!

その僕の見込みは一瞬で破壊された。脱出口を封じていた石垣と一緒に。

かなり分厚く作ったつもりだったのに、あっさりぶち破ってきたよ!?

しかもオークキングはそのままこちらに向かって突っ込んできた。

慌てて新たな石垣を作ろうとして、僕はそれに気づく。ポイントが……ない!?

どうやら消費し過ぎたみたいだ。

すでに石垣を生み出せるだけのポイントが残っておらず、僕は何もできずに迫りくる巨軀を前に立ち竦むことしかできない。

というか、どう考えても僕を狙ってきてる!?

もしかして石垣を動かしていたのが僕だと理解しているのかもしれない。

「村長っ！　させるか……っ！」

そんな僕の前に突如として躍り込んできたのは、巨大な鉄の盾を構えた二つの人影だった。

「ノエルくん、ゴアテさん!?」

ガアアアアンッ!!

二人の鉄盾が凄まじい音を響かせ、オークキングの巨体を受け止める。

だけど次の瞬間、二人そろって後ろへ弾き飛ばされていた。

「「……っ！」」

あのグレートボアの突進すらも止めたという彼らが、受け止め切れなかった!?

ただ、そのお陰で角度がズレたのか、オークキングは僕の脇を抜けていった。

そのまま勢い余って、近くの畑へと突っ込んでいく。

「グルアアアアアッ!!」

すぐにこちらを振り返り、再び雄叫びを上げるオークキング。身の丈は三メートルを超え、筋骨隆々の体軀。こうして間近で見たら、その巨大さがさらに際立つ。

「ルーク、あなたは安全なところまで下がってなさい！」

セレンがそう叫びながら、その巨大な魔物へと立ち向かっていった。

どうやらノエルくんとゴアテさんの二人は無事だったようで、立ち上がるとすぐに盾を構えてその後を追う。

それに他の狩猟隊が続き、さらにエルフの戦士たちは弓を一斉に構えた。

「みんな、気を付けて……っ！」

僕は大人しく後方へと避難しながら、西の空へと視線を向ける。

幸い今は夕刻だ。もう少しすれば……。


ビュンビュンビュンビュン！

エルフたちが一斉に矢を放つ。

それが次々とオークキングの巨体に突き刺さったけれど、皮膚や肉が分厚いせいか、オークキングはただ苛立つだけで、あまりダメージを受けたようには見えない。

そこへ斬り込んでいったのはセレンだ。

オークキングが腕を振り回し、セレンを殴りつけようとする。

それをすんでのところで躱《かわ》し、セレンは至近距離から魔法を放った。オークキングの右足から氷の矢が生えたけれど、それも大して効いている感じはしない。

ていうか、セレンの戦い方、見ていてハラハラするからやめてほしい！

「おれたちの、後ろに……っ！」

「セレン隊長は後方からの魔法攻撃を！」

彼らもそう思ったのか、盾役のノエルくんとゴアテさんが慌てて前に出ていった。

オークキングの攻撃を二人が受け止めて、矢や魔法などの遠距離攻撃を主体にダメージを与えていく。

そして時折、隙を突く形で剣や槍などで攻撃、という戦法がすぐにできあがった。

ただ、盾役の二人の負担が大きい。

オークキングの攻撃を何度も受け止めて、時には弾き飛ばされ、傷だらけになりながらも立ち向かっていく。

「ノエル！　まさか、もう限界ってんじゃねぇだろうな！　『盾聖技』なんて大層なギフトがありながら、パワーだけの俺より先にへばるんじゃねぇぞ！」

「まだまだ……やれる……っ！　この村はっ……村長はっ……おれが、護るんだ……っ！」

ゴアテさんの叱咤に、ノエルくんが咆《ほ》える。

二人とも、もうとっくに限界が来ているだろうに……。

希少なポーションを使ってでも回復してあげたいけれど、生憎そんな余裕もない。

「くっ……このままじゃ……」

戦況の悪さを感じているのか、魔法を放ちながらも、セレンの顔が焦燥で歪む。

と、そのときだ。

「どうやらオレの力が必要みたいだな」

「っ!?　あんたは……」

そこへ現れたのは、オークに匹敵する巨漢。

盗賊団の親玉だった男、ドリアルだ。その手にはノエルくんたちと同じ大盾があった。

「盾の扱いは得意じゃねぇんだが……まぁ、オレ以外に適任はいなそうだし、仕方ねぇな」

「あんたが、どうして……？」

「言っただろう。オレの力が必要なときがきたら、そのときは手を貸してやろうってな。今がそのときじゃねぇのか？」

そう言って鼻を鳴らすと、ドリアルは大盾を構えてオークキングへと突っ込んでいった。

「おらあああああっ！」

「……っ!?」

あのオークキングの巨体が、ドリアルのシールドバッシュを受けて大きくバランスを崩す。

僕の思った通りだ。オークキングを相手に盾役が務まるとしたら、この元親玉しかいない。

『サテン、助かったよ』

『まさか、本当に親分が村のために動くとは思いませんでしたが……』

実はサテンを通じて、ドリアルに加勢を求めていたのだ。

牢屋から出すのに不安はあったけれど、ひとまずこれでノエルくんたちの負担が減ったはず。

「ぐがあっ!?　くそっ!　このデカ豚、力強すぎだろう!?　こんなもん、長くは耐えられねぇぞ!?」

……あ、でも、二人と比べたら全然頼りないや。

まぁ幾ら体格がよくても、ギフトは『斧技』だし、盾の扱いには慣れてないしで、さすがに二人と同じ働きを求めるのは酷だよね。

それでも盾役が三枚になったことで、先ほどまでよりずっと安定した戦いができるようになった。

盾の合間を縫って、ランドくんが槍で突く。バルラットさんやペルンさんは背中を斬りつけては素早く離脱するという、ヒット&アウェイで確実にダメージを与えていく。

セレンの他にも、魔法系のギフト持ちたちは魔力の枯渇も厭《いと》わず、先ほどから延々と魔法を放ち続けている。

絶え間なく矢を撃ち続けているフィリアさんたちも、何度も何度も弓を引いてきたせいか、指から血を流している。

「ブ、ブルア……アッ！」

みんなの頑張りで、オークキングには確実にダメージが蓄積されていた。

全身は血だらけで、時々ふらついている。

それでもまだその怪力は健在で、振り回した腕が盾ごと前衛を弾き飛ばすほどだ。

僕は祈るような気持ちで、彼らの戦いを見守っていた。

「みんな、あと少しだから……あと少しで……」

と、そのときだ。

〈デイリーボーナスにより、1214村ポイントを獲得しました〉

よし、来た！

毎日のボーナスで加算される村ポイントだ。今や1000ポイントを大きく超えている。

「みんな、そこから離れて！」

「「「っ！」」」

僕の言葉に反応し、皆が一斉にオークキングから距離を取る。

何をするかも説明していないというのに、この素早さ。きっと僕のことを信じてくれているからだ。ありがとう、みんな。

「ブルアアアアッ！」

逃がすまいと後を追いかけようとしたオークキングだったけれど、その眼前に僕は石垣を作り出した。

今までで最も分厚くて高い、たとえオークキングだろうと簡単には破壊できない代物《しろもの》だ。

「ッ!?」

危険を感じ取ったのか、慌ててその場から逃げようとしたオークキングの進路を塞ぐよう、僕は新たな石垣を作成。それも「コ」の形をした特殊な石垣だ。

先ほどの石垣と合わせて完全包囲される形となったオークキングの困惑が、分厚い石垣越しに伝わってくる。

石を叩く音も聞こえてくるけれど、

「無駄だよ」

施設グレードアップで「強度を強化」してやった。これで幾ら怪力のオークキングと言えど、素手では表面に傷をつけることすら容易ではないだろう。

「そして、頭上に物見塔、と」

さらに僕は「ロ」の形に配置された石垣の上に物見塔を作り出す。

後は施設カスタマイズを使い、物見塔を前後左右に圧縮していけば、当然、石垣で作られた穴よりも小さくなった段階でそこに落ちていく。

「物見塔はすべて石でできているからね。多分、相当な重量だと思う」

それが頭上から降ってくるのだ。

幾らオークキングとは言え、一溜りもないはず――

「ブ、ブヒイイイイイイイイイイイッ!?」

――グシャッ!

「た、倒せた、のか……?」

「さすがに死んでる、だろ……」

僕の必殺技〝施設プレス〟を喰らっては、さすがにオークキングとは言え、絶命したはずだ。

ただ、恐ろしいまでの耐久力を知っているので、誰もが確信を持ち切れずに戸惑っていた。

「えーと、それじゃあ、今から石垣と物見塔を消してみるね。起き上がってくる可能性はないと思うけど、一応、注意してて」

僕はそう声をかけてから、石垣と物見塔を消去した。

するとそこに現れたのは、心なしか体積が八割くらいになって倒れるオークキングだ。

「……うん、死んでる」

恐る恐る近づいて確認してみると、完全に呼吸が止まっていた。

「や、やった……」

「オークキングを……倒したんだ……」

次の瞬間、緊張から一気に解き放たれたように、その場にいた誰もが大声で叫んだ。

「「「うおおおおおおおおおおおおおおっ！！！」」」

近くにいた者と抱き合ったり、ハイタッチを交わし合ったりする村人たち。

「しかし最後のあれをやったのは村長だよな？」

「そりゃ、あんな真似、村長以外にできないだろ」

「村長マジすげぇ」

うんうん、みんなよく頑張ったよ。

特に狩猟隊は……って、怪我は大丈夫かな!?

中でも酷かったのは盾役の二人だ。僕は慌てて彼らの傍に駆け寄る。

「村長……おれ、村長を護れた……？」

「うんうん、ノエルくんのお陰だよ！　って、凄い怪我じゃんか！　ほら、ポーション飲んで！」

「え、でも、それ、貴重な……」

「良いから良いから！」

遠慮しているノエルくんに、僕は無理やりポーションを飲ませる。

確かにポーションは希少だけど、今回のことでエルフたちには新たな貸しができたわけだし。

きっとまたお礼にくれるはずだよね！

「ゴアテさんもお疲れさま！　はい、ポーション飲んで！」

「あ、ありがとうございます、村長」

断っても強引に飲まされると理解したのか、ゴアテさんは素直に受け取ってくれた。

「おい、オレにはねぇのかよ？」

と、向こうから声をかけてきたのは、元親玉のドリアルだ。

「最後にちょっと働いただけでしょ？　あと、思ってたより盾として弱かったし」

「ちっ、酷《ひで》ぇ言い様だな」

そりゃ、犯罪者だからね。今回は特別に牢屋から出してあげただけで、同じ扱いをしてもらえると思ったら大間違いだ。

まぁでも、お陰で助かったのは事実だし、今後の処置については改めて検討するとしよう。

「あ、あの……」

そこへおずおずと近づいてくるエルフがいた。

珍しく髭を生やしたダンディなエルフだけれど、今は疲労のためかやつれた印象を受ける。

「貴公が村長のルーク殿で……？」

「はい、そうです。ええと、あなたは？」

「も、申し遅れたのじゃ……儂は、族長のレオニヌス＝メル＝レボーレ＝ランデリヌス＝エルシボーラと申しますのじゃ」

どうやら族長さんらしい。

ていうか、やっぱり名前が長い……っ！

「この度は大変申し訳ございませんでした……っ！」

そう言って、いきなり頭を下げてくるレオニヌスさん。

他のエルフたちもそれに倣って、次々と首《こうべ》を垂れていく。

「もはや我々には、この村に助けを求める以外になかったのですじゃ……っ！　しかし貴公らからすれば、我々はオークの群れを引き連れ、村を危険に晒した咎人に外《ほか》ならぬ！　どんなそしりも罰も甘んじて受けましょうぞ……っ！」

レオニヌスさんは覚悟の決まった顔でそう主張してくる。

それは他のエルフたちも同様だった。

あまりに決死の表情をしているので、もしかしたら奴隷として売られるとでも思っているんじゃないだろうか？

「ええと……そんなことより、皆さん、ここまでずっと逃げてきてお疲れですよね？　きっとお腹もすいていると思います」

「……え？」

「実は先ほど大量のオーク肉が手に入りまして……。きっとこの村だけでは消費し切れないと思うので、よかったら一緒に食べませんか？」

「な……」

驚くエルフたちを余所《よそ》に、僕は村人たちに呼びかけた。

「というわけで、今夜はオーク肉でのバーベキュー大会だよ！　みんなで協力して準備しよう！」

「「おおおおおおおおっ！」」

男たちが雄叫びを上げ、我先にとあちこちに転がっているオーク肉、もといオークを抱え、家屋の方へと走っていく。

さっきまで恐怖の対象だったはずのオークが、今や完全に肉にしか見えなくなったみたいだ。

「る、ルーク殿……今のは一体……」

「はっはっは！」

困惑しているレオニヌスさんの横から、大きな笑い声が聞こえてきた。

フィリアさんだ。

「言っただろう、父上。ルーク殿の器は、この魔境の森よりも大きいと」

あ、族長さん、フィリアさんのお父さんなのね。

「そしてそんなルーク殿の人柄ゆえか、この村の人族たちも素晴らしい方々ばかりだ。きっと今回のことで、我々を咎めようと考えている者はいないだろう」

「フィリアヌス……どうやらそのようじゃの」

レオニヌスさんはそこでようやく笑みを見せた。

「皆の者、聞いたか！　この村の方々は、我らの良き隣人であることを我は確信する！　彼らの厚意に心から感謝し、親交を深めようぞ！」

「「「はっ！」」」

と、そこで僕はあることに気が付いて、彼らに提案した。

「あ、でも、その前にちょっとお風呂に入ってはいかがですか？　かなり汗を掻いちゃったみたいですし……」

……少し臭うので、とは言えない。


「少し話に聞いてはいたが、まさかこれほど快適だったとは……」

「気持ちのいいベッドに、いつでも使えるお風呂……加えて美味しい料理……あと、あのトイレ！」

「ああ、トイレ！　あれは凄かった！　思わず何度も試してしまったよ。しかし人族というのは、こんないい生活をしているのか？」

「いや、どうやらこの村が特別らしい。何でもあの村長殿が、強力なギフトを持っておられるようで……」

何やら話をしているエルフたちを見かけたので、僕は声をかけた。

「おはようございます。昨晩はよく眠れましたか？」

「そ、村長殿っ！」

「ええ、お陰様で！」

「それはよかったです」

バーベキュー大会の後、彼らにはこの村に泊まってもらったのだ。

野宿でも大丈夫だと言っていたけれど、さすがに持て成す側としてそれは認めがたい。

余っていたマンションの部屋や僕の家、それに来客用に作った家屋、さらに新しく二棟のマンションを作成することで、どうにか二百人を超えるエルフ全員が、ちゃんと寝泊まりできるようにしたのだった。

……一瞬で現れた巨大建築物にかなり驚いてたけど。


「ルーク殿、実はご相談があるのじゃが……」

一晩しっかり休んで疲れが取れたのか、昨日よりすっかり血色がよくなったレオニヌスさんが、何やら神妙に切り出してくる。

「先ほど里の様子を調べさせたのじゃが、やはり被害は大きいようでしての……生活できる環境に戻すのに、なかなか時間がかかってしまいそうなのですじゃ。特にこれから冬になるしの……」

「それなら里が元に戻るまで、この村に居てはどうですか？」

「はい。元々この村、あちこちからの移民の村ですし。種族が違うだけで、境遇はみんな同じですから」

「ああ、ありがとうございますのじゃ……（これでもうしばらくの間、あのトイレを使うことができる……っ！）」

「何か言われました？」

「い、いえ、何も」

里の防壁もかなり壊れてしまったらしく、まずそれを修復するところかららしい。

その状態だといつ魔物に襲われるかも分からないので、なかなか大変そうだ。

しかもまだオークの残党が残っているかもしれない。

「そうですね……もしよければ、里とこの村を安全に行き来できるようにしましょうか？」

「……？　それは一体、どうやって？　間には魔境の森が広がっているのじゃが……」

「地下を通るんです」

「はい？」

「よ、よろしいのか!?」

「確かに、これだとすぐには復興が終わりそうにないね」

「ああ。この分だと、当面の間はまともに住めないだろう」

僕はフィリアさんたちに連れられて、エルフの里にお邪魔していた。

元々は森と融合した美しい集落だったのだろうけれど、オークの群れに蹂躙《じゅうりん》されてあちこち酷く破壊されてしまっている。

特に里を囲んでいた石垣の状態が深刻で、これでは魔物の侵入を防ぐことができそうにない。

ちなみに魔境の森に足を踏み入れることすら、僕にとっては初めてのことだ。

これからやろうとすることのためには、いったん自分でここに来る必要があったからである。

周りからは凄く心配され、必死に止められたけど……。

セレンを筆頭とする狩猟隊も同行するということで、どうにか許してもらえた。

「だけど本当に良いの？　僕なら簡単に直せるけど……」

せっかくの里の雰囲気をぶち壊しかねない家屋系はともかく、石垣くらいならそうした心配もないはずだ。

「さすがにそれは甘やかされ過ぎというものだ。里の修復くらい、自分たちの手でするべきだろう」

「そっか」

真面目で逞《たくま》しいのは、彼らエルフの美徳の一つだろう。

「（よし、これで少なくともこの冬はあの快適な村で過ごせるぞ！）」

「「「〈グッジョブです、戦士長！〉」」」

……どうしたのかな？

なぜかエルフたちがとても嬉しそうなんだけど？

「さて、じゃあ、この辺りを使わせてもらっても大丈夫かな？」

一通り里の中を見て回ってから、南門付近にやってきた。

「一体何をするつもりなのだ？　貴殿の村と里を安全に行き来できるようにするというが……」

「まぁ見ててよ」

〈この場所はすでに他者の管理下にあります。強奪しますか？　▼はい　いいえ〉

なんだか随分と物騒な訊かれ方をしたけれど、僕は「はい」を選択する。

レベル6になって覚えた領地強奪のスキルだ。

〈強奪しました。この場所は村の領内になります〉

これで広場の一角が村の一部になったようだ。

〈地下道を作成しますか？　▼はい　いいえ〉

そして村になったら、施設を作成することができる。20ポイントが消費され、突如として地面に階段が出現した。

「なっ!?　こ、これは一体……」

「じゃあ、行くよー」

目を剝くフィリアさんを促し、その階段を降りていく。

階段を降り切ると、その先は地下道となっていた。と言っても、ほんの数メートル先で行き止まりになっている。

〈地下道を作成しますか？　▼はい　いいえ〉

再び20ポイントを使い、地下道を伸長させる。

これを繰り返していけば、やがて荒野にある村の地下にまで届くはずだ。

かなりポイントが必要になるけれど、そのためにしばらく貯めておいた。多分ぎりぎり足りると思う。

その予想通り、あと100ポイントを切ったところで、ついに辿り着いた。

後は階段を作成し、村に繫げる。

「ただいまー」

「ほ、本当にこの村と里を繫いでしまったのか……」

階段を上って、周囲に広がる畑に唖然とするフィリアさん。

「この地下道を使えば、里の修復にかかる時間も短縮できると思うよ」

「あ、ああ、そうだな……（くっ、それではこの村にいれる期間が短く……よし、できるだけゆっくり作業するように言っておこう）」

◇　◇　◇

「本日は皆さまへ、重大な神託を授けたく、お集まりいただきました」

礼拝堂に響く凜とした声に、集まった村人たちが微かにざわめく。

その全員がギフトを授かった者たちだ。

それゆえ、祭壇の前で厳《おごそ》かに語る彼女――ミリアには、強い崇敬と感謝、そして信頼の念を抱いている。

「それは外でもありません。わたくしたちの村長、ルーク様のことです」

「村長の……？」

「一体、どんな神託が……」

真剣な表情で、ミリアの言葉に耳を傾ける村人たち。

そんな彼らを満足そうに見渡しながら、ミリアは声高らかに告げた。

「ルーク様こそ、この戦乱の世を救うため、神々が遣わした救世主なのです！」

告げられた内容のスケールの大きさに、村人たちは一瞬、何を言われたのか分からずに硬直する。

ミリアは畳みかけるように言った。

「そう、ルーク様は我々の救世主なのです。皆さんがご覧になった通り、途轍《とてつ》もないギフトを神々から与えられておられます。ですが、まだまだルーク様のお力はこんなものではありません。これからさらなる力をお見せになられることでしょう」

ミリアは高らかに明かす。

『村づくり』のギフトにはレベルというものがあり、それが上がるにつれて作れる施設や強力なスキルが増えていく。つまり、現段階でも規格外だというのに、まだまだ発展途上でしかないのだということを。

村人たちは互いに顔を見合わせた。

「あれ以上の力が……」

「た、確かに、村長は只者じゃないと思っていたが……まさか、そんなお方だったたなんて……」

「いや、村長ならおかしなことじゃない。俺たち、とんでもない方の元に来てしまったようだな……」

驚いてはいるが、ミリアの言葉を疑っている者はいない。

なにせ彼女は『神託』のギフトを持つ神官なのだ。

ゆえに、誰一人として知る由もなかった――

（生憎とそんな神託は受けていません。……ですが、神託などなくとも、わたくしには分かります。ルーク様こそ、この時代を憂えた神々がこの地上に送ってくださった、神の御使いであると！）

――まさかそれが、ただのミリアの個人的な感情から来るものであることなど。

「皆さん、ともにルーク様を称《たた》えましょう！　そしてルーク様のために身を粉《こ》にして働き、この村を発展させていくのです！　やがてはそれが、この世界を救うことになるでしょう！」

「「「おおおおおおっ！」」」

こうして当人の与《あずか》り知らぬうちに、村に新たな宗教が誕生したのだった。

エピローグ

「ラウル様、準備はよろしいですか？」

「ああ、いつでも構わん」

「では、どうぞこちらへ」

家臣の一人に案内され、ラウルが足を踏み入れたのは、普段、領兵たちが訓練のために使用している場所だった。

しかし今日はその真ん中に巨大な檻のようなものが設置され、周囲を神妙な顔をした領兵たちが取り囲んでいる。

檻の中に入れられているのは魔物や獣ではない。

数人の死刑囚たちだった。何をするのか知らされていないのか、彼らは一様に怯えの表情を見せている。

やがてラウルの目の前で檻の入り口が開けられると、そのまま躊躇《ためら》うことなく檻の中へと入っていく。

不思議そうな顔をする死刑囚たちの近くへ、領兵たちが手にしていた武器の類を投げ入れた。

そうして彼らに告げられる。

「全員、適当な武器を手に取れ。そして、その方と戦うのだ」

「「……？」」

「もし貴様らが勝利すれば、減刑してやろう。死刑を免れることができるぞ」

「「なっ……」」

死刑囚たちは色めきたった。

「そ、それは本当かっ⁉」

「本当だ」

「あ、あいつを殺しちまっても構わないのか⁉」

「構わん」

「や、やったぜ！」

「こいつはありがてぇっ！」

まるですでに減刑が決定したかのように、死刑囚たちが歓喜の声を上げる。

それもそのはず。彼らがこれから戦うのは、まだ十代半ばほどの少年ただ一人なのだ。

加えて彼らは元傭兵だったり元冒険者だったりと、腕に自信がある者たちばかりだった。

「へ、へへっ、俺たちはツいてるぜ……」

「くく、逆にあの小僧は何をしたんだろうな？」

「んなこと知ったこっちゃねぇ。とっととぶっ殺して、死刑を撤回してもらおうぜ」

死刑囚たちは各々武器を手に、ラウルへと近づいていく。

「ひゃはっ！　死ねや、ガキ――――あ？」

真っ先に剣で斬りかかった死刑囚の腕が宙を舞った。剣を握ったまままくるくると回転し、地面に落下する。

「あぎゃあああああっ!?」

「うるせぇよ」

「ぎぃっ!?」

ラウルの突きが死刑囚の喉首を貫き、トドメを刺す。

どさり、と事切れた死刑囚が倒れ込んだ。

先ほどまで喜色満面だった死刑囚たちの顔が、一瞬にして青ざめていく。

「な、こ、こいつ……」

「い、今、何をしやがったんだ……？」

「まったく見えなか――」

言葉を言い切る前に、その死刑囚の身体がぐらりとよろめき、地面に崩れ落ちる。

いつの間にか距離を詰めていたラウルが、心臓を一突きしたのだ。

「二人目……つまんねぇな。雑魚《ざこ》ばかりか」

「ど、同時にかかれぇぇえっ！」

「「「おおおおっ！」」」

一対一では勝ち目がないと悟った彼らは、一斉にラウルへと襲いかかった。

だが彼らの攻撃は悉《ことごと》く躱されて、傷一つ付けることができない。

一方で一人また一人と、ラウルに斬られて死んでいく。

気づけば立っている死刑囚は一人だけとなっていた。

彼らの中で唯一、何度かラウルの攻撃を凌ぎ、ここまで生き延びた男だ。

「な、何者だ、お前は!?　お、俺は『剣技』のギフトを持ってんだぞ!?　何でこの俺が手も足も出ねぇんだ!?　っ……ま、まさか……」

「ふん、死ね」

「がぁっ……」

最後の一人が倒れると、わっと周囲が沸いた。

「ら、ラウル様の圧勝だ！」

「祝福を授かってから、たった半年でここまでお強くなられるとは……っ！」

「これが『剣聖技』ギフト……」

領兵たちが驚嘆する中、一人の男がラウルへと近づいていく。

ラウルはその場で跪いた。

「……父上」

「よくやったな、ラウル。合格だ。次の戦場へ、お前も連れていく」

アルベイル侯爵が投げかけたのは、息子を一人の戦士として認める言葉だった。

「はっ、ありがたき幸せ。必ずや大きな戦果をあげてみせましょう」

ラウルが誓うと、再び周囲が大いに沸き立った。


「ラウル様、ご報告が」

未だ興奮冷めやらぬ様子の訓練場を後にしたラウルの元へ、家臣の一人が駆け寄ってくる。

「何だ？」

「北郡で噂になっているという荒野の村ですが、代官に確認を取ったところ、実際に調査を行った上で、そのような村は確認されなかったとのことです」

「はっ、それはそうだろうよ。端からあんな荒野に村など築けるわけがねぇんだ」

ラウルは鼻を鳴らして嗤《わら》う。

「くくく、一体どこで野垂れ死んだのかは知らねぇが、奴が落ちぶれて死ぬ姿を見届けられなかったのは残念だな。あるいは、俺の小間使いにでもしてやって、死ぬまで扱《こ》き使ってやるのもよかったかもなぁ！」

いずれにしても、もう会うことはないだろう。

嫌な噂を耳にして少し気になり調べさせたが、ただそれだけだ。

「それから、セレン様のことですが……依然として、バズラータ伯爵家も行方が分からないようでして……」

「ちっ、まさか俺と婚姻を結ばせるのが嫌で、隠してやがるんじゃねぇだろうな」

「さ、さすがにそのようなことはないかと……」

少し不快な思いになったが、しかし今のラウルにとっては些細なことだ。

「……冬を越したら、初めての戦だ。それも父上にとって今までで最も重大な戦争に……」

ラウルはニヤリと口端を上げる。

「そしてそれに勝てば、父上は占領地を治め、今のアルベイル領は俺に一任されることになる……そうなったらこの広い領地すべてが、この俺の思い通りだ！　くくく、ははははっ……はははははっ！」

今から春が待ち遠しい。

ラウルの高らかな笑い声は、寒空に響き渡るのだった。

……彼は知らない。

彼にとっての最大の脅威が、北の荒野で着実に育ちつつあることを。

おまけ短編　ウォシュレットの罠

魔境の森に築いたエルフの里で戦士長をしていた私だが、色々あって同胞たちとともに人族の村で世話になることになった。

彼らと初めて会ったのは、森の中でマッドグリズリーの群れに襲われていたときだ。森で狩りをしていた彼らに助けてもらったのである。

私は過去に里を出て、世界を旅したことがあった。そこで色んな人族に出会ってきたことから、良い者もいれば悪い者もいることを知っていた。

そのため同胞たちが警戒する中にあって、私はすぐに彼らと打ち解けることができた。そして自ら彼らの村へと赴いて、お礼をすることにしたのだ。

そこで私は運命的な出会いを果たす。

村長のルーク殿——そして、彼がギフトで作り出したウォシュレットと。

初めて使ったときから、私はその革新的なトイレの虜《とりこ》になってしまった。

今まで味わったことのない快感に魅了され、正直このまま里に帰らずにこの村に居続けたいと思ってしまったほどだ。

無論そんなわけにはいかず、そのときは泣く泣く村を後にした。

その後、不運にもオークの大群に里を破壊され、命からがらの逃走劇に直面することになるのだが……皮肉なことにこの一族の危機が、私とウォシュレットを再び引き合わせてくれたのだった。

ルーク殿が我々の状況を慮《おもんぱか》り、里の修復が終わるまで、この村で避難生活を送ることができるようにしてくれたのである。

各家庭に住む場所まで与えてくれた。それも、なんと一家に一台ウォシュレットのトイレが付いている。

そして戦士長である私には、一人で一つの部屋を使用することが許された。すなわち、自分専用のウォシュレットを好きなだけ堪能できるということだ。

「ああ、愛しのウォシュレット……」

その便器を前に、私は思わず感極まってしまう。

まだ未使用で綺麗なので、ついつい頬ずりをしてしまったほどだ。ひんやりとした感触が心地いい。

私はパンツを下ろし、便器に腰を下ろした。

「はぁはぁ……こ、このボタンだな……」

興奮のあまり息が荒い。「おしり」と書かれた——ただし見たことのない文字なので私には読めない——真ん中のボタンを震える指で押した。

ドビュッ！

「あっ……んっ……あはぁっ……」

敏感な部分を刺激され、口からそんな声が漏れる。

だがまだこれはほんの序の口。さらに良いところに当たるように、お尻を動かして位置を上手く調整していく。

……っ！　来たっ！

「～～～っ！　そ、そこぉっ……あんっ……き、気持ちぃぃぃっ！」

この部屋には私しかいないため、何の気兼ねもなく声を出すことができる。

それからというもの、私は毎日のようにウォシュレットを使い続けた。

すると段々と刺激に慣れてきてしまったようで、次第に快感が薄れてきてしまう。

「ふ、ふふっ……しかしそういうときのために、このボタンがあるんだ……」

住む際に軽くレクチャーを受けたとき、私はしっかりと聞いていたのだ。

発射される水の勢いを増すボタンがあるということを！

「さあ、今こそ貴殿の本気を見せるときだ！」

ドビュンッ!!

「んあああああああっ!?」

こうして私はウォシュレットを味わい尽くし、その結果――

「お尻の穴が……痛い……」

……痔《じ》になってしまった。

あまりの痛さにガニ股で歩くしかない。するとその様子をルーク殿に心配されてしまった。

「フィリアさん？　どうしたの？　なんか変な歩き方だけど……」

「は、はは、少しトレーニングで身体に負荷をかけ過ぎたようだ……」

「あんまり無理はしないでね？」

「あ、ああ……」

さすがに言えない。

ウォシュレットの使い過ぎで、痔になってしまったなど……。

「そうだ……回復魔法を使えば……。お尻に使ってもらうのはさすがに恥ずかしいが……背に腹は代えられまい……」

幸い我が同胞には優秀な回復魔法の使い手がいるからな。

私はすぐにその一人に会いに行った。

普段からよく世話になっているクリネトファヌスだ。私を含め、親しい者たちはクリネと呼んでいる。

「お尻の穴が痛い、ですか？」

「うむ。原因は分からないが、昨日あたりから急にな……」

「……そうですか。少し見せていただいても？」

パンツをずらして、お尻を確認してもらう。正直ちょっと恥ずかしいが、治療なのだから仕方ない。クリネはしばらく患部を診察してから、

「なるほど……。ちなみに、何かで長時間お尻を刺激した、なんてことはないですよね？」

「ぎくっ……そそそ、そんなことした覚えはまったくないな！」

「そうですか。分かりました。では回復魔法を使って治しますね」

……ふう。助かった。深く追及されたらどうしようかと思ったが、幸いそれ以上は詳しく訊いてくるつもりはないようだ。

しばらくすると、温かい感触がじわじわと患部を中心に広がってきた。

おっ……んんっ……これも……なかなか……気持ちがいいな……。

だが同胞の目の前で声を出すわけにもいかず、私はどうにか頑張って堪《こら》えたのだった。

「……はい、おしまいです」

「おお、痛みが完全に引いたようだ」

すっかりお尻の痛みが取れて、私は満足する。

よし、これでまたウォシュレットができるぞ！

「あ、一つだけ気を付けていただきたいことが」

「？　何だ？」

「しばらくはお尻を刺激するようなことは避けてくださいね」

「そ、そうだな……いや、そんな真似は普段からしないが……」

「はい。もちろん念のためです、念のため」

◇　◇　◇

立ち去るフィリアを見送って。

『癒し手』のギフトを持つクリネは、一人小さく呟いた。

「あれは間違いなく、ウォシュレットの使い過ぎ……」

ちゃんと注意喚起しておかなければ、今後もっと犠牲者が増えるかもしれない。

……なにせあれには中毒性があることを、彼女自身が身をもって理解していた。

「言えません……実は私もウォシュレットの使い過ぎで痔になって、自分で回復魔法を使って治療したなんて……」

と、そこへまた新たな来客があった。しかも今度は族長のレオニヌスだ。

「族長？　どうされましたか？」

「う、うむ……実はな……」

ガニ股歩きで近づいてくる族長の様子に、クリネはすぐにピンときた。

「……族長、あなたもですか」

「へ？」

あとがき

どうもはじめまして。作者の九頭七尾です。

この度ご縁がありまして、スクウェア・エニックスさんの新文芸レーベル『SQEXノベル』から出版させていただくこととなりました。

スクエニさんには漫画の方で前々からお世話になってはいましたが、ノベルの方では初めてとなります。

しかも大変光栄なことに、なんと記念すべきレーベル創刊の第一弾です！

え、いいんですか？　そんな大事なラインナップに入れていただいちゃって？　ガクガクブルブル……。

強烈なプレッシャーに震えつつも、これは下手なものは出せないぞ、と気合を入れて書籍化に向けた加筆や改稿を頑張らせていただきました。

少しでも楽しんでいただけたなら嬉しい限りです。


それでは謝辞です。

ＷＥＢ版から応援していただいている読者の皆様、お陰様でこうして書籍になりました。ありがとうございます。

イラストを担当してくださったイセ川ヤスタカ様、文字の向こうにしか存在しなかったキャラクターたちを素敵なデザインでイラスト化していただき、大変ありがとうございます。

まるで本当に生きているかのようです！

また、担当編集のＩ氏をはじめ、本作の出版に当たってご尽力くださった関係者の皆様、お世話になりました。今後ともよろしくお願いします。


そしてありがたいことに、本作はコミカライズが決定しております。

蚕堂ｊ１さんにご担当いただけることになりまして、すでにコミック用のキャラデザを何枚か見せてもらっているのですが、こちらも素晴らしいものになりそうで、今からワクワクしています。

こちらの方も、ぜひお楽しみに。


最後になりましたが、本作を手に取っていただいた皆様に心からの感謝を。

また次巻でお会いできれば嬉しいです。

ありがとうございました。

九頭七尾

ど真ん中!
— 1月刊 — 好評発売中!
万能「村づくり」チートでお手軽スローライフ ～村ですが何か?～ 1
私、能力は平均値でって言ったよね! 14
勇者パーティーを追放された俺だが、俺から巣立ってくれたようで嬉しい。 ……なので大聖女、お前に追って来られては困るのだが? 1
転生したらドラゴンの卵だった ～最強以外目指さねぇ～ 13
読者さん・作品・作者さんの、一番楽しいレーベルです!
ノベル創刊!

大人の
エン
シリーズ続々刊行します!
悪役令嬢は
溺愛ルートに入りました!?
人狼への転生、魔王の副官 14
退屈嫌いの封印術師
～復活せし不死王たち～
雑用係兼支援術師は
パーティー追放に憧れる
～世間は追放ブームなのに、俺を
過大評価するパーティーメンバーたちが
決して手放そうとしてくれない～
マイナススキル持ち四人が
集まったら、なんかシナジー発揮して
最強パーティーができた件
わたしは
ふたつめの人生をあるく! 3
毎月7日発売!
SQEX

SQEXノベル

万能「村づくり」チートでお手軽スローライフ
～村ですが何か？～　①

著者
九頭七尾
イラストレーター
イセ川ヤスタカ

2021年1月7日　初版発行

発行人
松浦克義
発行所
株式会社スクウェア・エニックス
〒160－8430
東京都新宿区新宿６－27－30　新宿イーストサイドスクエア
（お問い合わせ）スクウェア・エニックス　サポートセンター
https://sqex.to/PUB

印刷所
中央精版印刷株式会社

担当編集
稲垣高広

装幀
冨永尚弘（木村デザイン・ラボ）

ISBN978-4-7575-7025-2 C0093　　Printed in Japan